SE
FOR
PRA
CHORAR
QUE SEJA DE ALEGRIA

SE
FOR
PRA
CHORAR
QUE SEJA DE ALEGRIA

IGNÁCIO DE LOYOLA BRANDÃO

global

© Ignácio de Loyola Brandão, 2015
1ª Edição, Global Editora, São Paulo 2016

Jefferson L. Alves – diretor editorial
Gustavo Henrique Tuna – editor assistente
Flávio Samuel – gerente de produção
Flavia Baggio – coordenadora editorial e revisão
Elisa Andrade Buzzo – preparação de texto
Fernanda Bincoletto – assistente editorial e revisão
Eduardo Okuno – projeto gráfico
Marcelo Girard – capa
**Edu Simões/Cadernos de Literatura Brasileira/
Acervo Instituto Moreira Salles** – foto de capa

Obra atualizada conforme o
NOVO ACORDO ORTOGRÁFICO DA LÍNGUA PORTUGUESA.

CIP-BRASIL. CATALOGAÇÃO NA FONTE
SINDICATO NACIONAL DOS EDITORES DE LIVROS, RJ

B817s

Brandão, Ignácio de Loyola, 1936-
  Se for pra chorar que seja de alegria / Ignácio de Loyola Brandão. – 1. ed. – São Paulo: Global, 2016.

  ISBN 978-85-260-2259-1

  1. Crônica brasileira. I. Título.

16-29650 CDD: 869.98
CDU: 821.134.3(81)-8

Direitos Reservados

global editora e distribuidora ltda.
Rua Pirapitingui, 111 – Liberdade
CEP 01508-020 – São Paulo – SP
Tel.: (11) 3277-7999 – Fax: (11) 3277-8141
e-mail: global@globaleditora.com.br
www.globaleditora.com.br

Colabore com a produção científica e cultural.
Proibida a reprodução total ou parcial desta obra
sem a autorização do editor.

Nº de Catálogo: **3883**

Trinta anos depois, ainda para Márcia.

SUMÁRIO

Usos e costumes – alegrias e tristezas da vida no interior e da vida interior
- Margô, 96 anos, quer saber: Como é beijar? Ela nunca beijou. 11
- Quando tínhamos medo de que os liquidificadores matassem 15
- Você tem coragem de atravessar um cemitério à noite? 19
- Política, mulheres e futebol sempre foram assuntos de barbearia.
  Não para crianças. 22
- Para cada vestido Julieta tinha uma sombrinha feita no
  mesmo tecido 25
- No tempo em que geladeira era luxo, só os ricos possuíam 29
- A vida tem bilhões de anos, e o que fizemos dela? 32
- Quem conseguiria seduzir a dama misteriosa e sensual? 36
- Noites de amor em uma cidade que foi tranquila há 50 anos 39

Lugares que hoje são lendários e pessoas que se tornaram mitos
- Antes lendário reduto de ricos, grã-finos e intelectuais,
  hoje o Paribar é de todos. 45
- "Abra suas asas, solte suas feras, caia na gandaia, entre nessa festa." ... 48
- Giovanni Bruno, o Anarello, se foi, ficou sua lenda 53
- "Arrrrarrraquarrra", dizia ela, e assim ficou célebre. Sumiu.
  Mas foi redescoberta. 58
- Elvira Pagã chocou o Brasil. Mandava cartões de Natal
  mostrando-se nuazinha. 62

Viagens, pessoas grandes que são simples e gente que busca melhorar este nosso Brasil
- Em Berlim, os óculos de Günter Grass serviram para Juan Rulfo 67
- Em Paris, dividi o quarto com García Márquez 72
- Ivanice morria de medo de avião, mas voou ao encontro dos filhos 76
- Se nos achar dignos, a Lagoa Encantada nos dá ouro e riquezas 81
- Tenho visto e convivido com gente que pode
  e quer transformar o Brasil 86

- Iguape, um encontro de encantos 91
- Tarde mágica na Feira de Ribeirão Preto 95
- Felicidade pode ser um bolo de fubá no fim da tarde 99
- Ó só o que pode minhas flor, hôme! 103
- Inhotim, lugar remoto que existe dentro de mim, onde às vezes me perco 106

Não duvide, tudo pode acontecer em São Paulo
- O que fazer sem listas telefônicas? 113
- Os homens se vão sem nunca dizer adeus 116
- A misteriosa perda de Antenor 120
- Um número maluco e impossível de telefone 124
- O arco-íris da seca anunciada 127
- Meu gato Chico é vítima da crise hídrica 131

De vez em quando você não pensa em coisas assim?
- Como se sente uma pessoa que sabe a hora exata em que vai morrer? 137
- Alguém sabe o que é "acúleo", "lazeira", "baganha", "ripanço" e "exomorfismo"? 140
- O que ditadura tem a ver com as pernas de Cyd Charisse? 144

A própria vida preenche seus vácuos
- A estranha sensação de *no pertenecer* 149
- Um baile que tem cem anos e a invisibilidade dos negros na sociedade 152
- A mistura das fumaças da vida e da morte 156
- Por que as pessoas somem e reaparecem de repente anos depois? 160

Cenas reais que nos parecem pura fantasia
- O mistério do esqueleto da rua Lisboa 167
- O dinossauro só queria ir ao cinema 171
- Agradecemos a sua ligação, ela é muito importante para nós 175
- Finalmente, saibam que, se for para chorar, que seja de alegria 178

Usos e costumes –
alegrias e tristezas
da vida no interior
e da vida interior

Margô, 96 anos, quer saber: Como é beijar? Ela nunca beijou.

– Como é beijar?
– O quê, tia?
– Como é beijar?
– Beijar é beijar, não sabe?
– Não sei. O que você sente?

Todas as mulheres da família, desde as mais velhas com 80 anos, as cheias de experiência com 70, as médias com 60, as maduras com 50, as amedrontadas com o porvir dos 40, as assustadas com os 30, as esfuziantes com 20, até as adolescentes com 14 se acostumaram ao longo dos anos com a pergunta de tia Margô: "Como é beijar?" É bordão, refrão, interrogação constante, questão essencial para ela, assim como outros indagam se Deus existe, o que é a vida, o que vem depois da morte, se há vida em outros planetas, quem inventou a esquina, se a Lava Jato vai virar pizza, se o Lulinha é dono da Friboi, se botox e silicone devolvem a juventude, se os 7 x 1 serão esquecidos.

"Como é beijar?" A pergunta sem resposta foi a companhia constante da vida de tia Margô, hoje com 96 anos, ainda bela, pele fresca – todos perguntam o que ela faz para se conservar assim, ela sorri e diz: "Conto depois de me dizerem como é beijar". A pergunta deixa todos perplexos. Beijar é experiência íntima, sensação pessoal, emoção diferente para cada um, varia infinitamente. É uma obsessão para tia Margô, mas nada que a deprima, a sufoque, a deixe apática, desesperada, ansiosa, inquieta. Há um sorriso tranquilo, ela sabe que o beijo é coisa boa, viu dezenas de filmes, assiste a todas as novelas, sabe que crianças beijam de um jeito, jovens, adultos, idosos, de outro. Sabe o que é um beijo erótico, o beijo paternal, o fraternal, o malicioso. Ela pediu a Cássio, o cinéfilo da família, que conseguisse para ela aquele rolo com todos os beijos que o padre mandou cortar no filme *Cinema paradiso*. "Talvez ali eu aprenda como é beijar." Ficou desapontada quando soube que o rolo não existe, é ficção. Inteligente, ela comentou: "Ficção? Assim como o beijo é para mim?"

Leu todos os poetas, ouviu todas as canções que falam de beijos. "Lábios que beijei, mãos que afaguei", murmura tia Margô, da janela de sua casa, numa rua pacata desta pequena cidade. Esconde-se atrás da cortina e observa casais de namorados que, encostados nas árvores, se beijam e se agarram. O mundo mudou, mas ainda há jovens que se beijam debaixo de árvores ou encostados em muros. Dia desses, chamou a sobrinha Lídia: "Me explique o que quer dizer 'mostro a boca molhada ainda marcada pelo beijo seu'. A boca molha, se enche de água com o beijo?" Outra vez quis saber do irmão: "Beijo é doce? Porque aquela música diz: 'que beijinho doce, foi ele quem trouxe de longe pra mim'. De onde vem o beijo?"

Talvez ninguém saiba mais sobre a teoria dos beijos que tia Margô. Porque ela nunca beijou. Jamais. Nem um selinho. Atravessou a vida sem saber o que é encostar seus lábios em outros lábios, abrir a boca, buscar a língua do companheiro, amor, namorado, noivo, marido, o que for. Um irmão, cínico e com uma ponta de maldade, definiu: "Margô, a dos lábios virginais". Anos e anos se passaram e Margô tem vivido encerrada em um mundo particular que envolve o mistério: como é beijar? Há grandes problemas no mundo, sei, penso neles, porém me entristeço ao pensar que tia Margô jamais desvendará uma das mais simples questões deste universo que tem bilhões de anos: como é beijar?

Conheço a história dela. Jovem, apanhou tuberculose. Assim se dizia: apanhou. Sabe-se lá como foi contagiada. Tinha 15 ou 16 anos, mais ou menos. Era comum. Doença romântica para quem não tinha. A doença da Dama das Camélias e de Chopin. Tia Margô gostava de um rapaz. Namorava, mas ainda na fase de olhares furtivos, primeiros encontros na sala, vigiada. Um dia, Margô quase beijou, foi interrompida pela avó, que não confiava em ninguém. Diagnosticada a doença, Margô foi enviada para o sanatório em São José dos Campos, ficou um tempo, voltou para casa. Curada, afirmaram. Todos na pequena cidade souberam, se condoeram, como se dizia, mas se afastaram. Ninguém chegava perto dela. Havia pânico. Desviavam na rua. Um estigma como a lepra ou a Aids hoje. O namorado casou-se com outra. Amigos não se aproximavam, foi difícil conseguir trabalho. Quase um ano depois (culpa de quem? como saber?) chegou uma carta do sanatório, declarando que Margô não tinha tido tuberculose, apenas água no pulmão. Ela exibiu a carta a todos. Foi um a um, mostrou. Tarde demais, a dúvida estava instalada. Condenada à solidão, a vida nunca mais foi a mesma. Mas, por se sentir viva e sem "a doença", como se dizia, era alegre, lia livros e revistas, ouvia rádio, depois viu televisão, foi ao cinema, encheu a vida como foi possível. Viveu quase normalmente. Da janela, amou muitos, que nunca souberam. Em cada uma das 28.489 noites de sua vida adulta, sonhou com os beijos. Hoje, ela ainda tem medo de morrer com esse vazio por dentro. Como é beijar?

Quando tínhamos medo de que os liquidificadores matassem

Apanhei o liquidificador para fazer um suco de melão. Meio da tarde, calor de 38 graus, vi na geladeira pedaços da fruta que tinham sobrado do almoço. Estava sozinho em casa, mulher e filha viajavam. No céu subiam nuvens ameaçadoras que iriam se transformar em aguaceiro no final da tarde, com água penetrando pelas frestas minúsculas das janelas e beirais. Em São Paulo ninguém mais está combinando um jantar ou um cineminha, sessão das 20 horas. Não se sabe se a chuva vai alagar (mesmo assim, a água continua faltando, as torneiras estão secas, e o governo diz que não), se o vendaval vai derrubar árvores ou postes pelo caminho, se vai faltar energia, se os elevadores estarão funcionando, os semáforos ligados. Ou se a sessão vai parar no meio.

Apanhei o melão e o litro de água apenas fresca, não há geladeira que suporte. Aí o copo de plástico do liquidificador me escapou das mãos, foi ao chão e se espatifou. Não havia o que fazer, e, enquanto recolhia os pedaços do copo, me veio a imagem do dia em que o primeiro liquidificador entrou em minha casa, em Araraquara, início dos anos 1950. Absoluta novidade, tínhamos visto um apenas em filmes americanos.

Os filmes americanos e revistas como *Vida Doméstica, Carioca, Jornal das Moças, Cena Muda, O Malho, Seleções*, nos traziam um mundo à parte, imaginávamos quando o Brasil teria tudo aquilo. Geladeiras enormes com duas portas, máquinas de lavar roupas e de lavar pratos, fogões que faziam de tudo, ventiladores, aparelhos de ar-condicionado, carros fantásticos. Até sabíamos as marcas, Buick, Studebaker, Oldsmobile, Nash, Hudson (o pai do Zé Celso Martinez Corrêa tinha um, cinza, até Sartre e Simone de Beauvoir andaram nele, mas isso aconteceu em 1960), Pontiac, Plymouth, Cadillac Rabo de Peixe (eram lindos, ninguém acreditava que a indústria nacional pudesse fabricar coisas como aquelas), Chrysler, apetrechos (como se dizia) de milionários. A única coisa que nós, crianças e adolescentes, estranhávamos eram os casais dormirem em camas separadas. Ou era o certo, errados eram nossos pais que dormiam juntos. Demoramos décadas para saber que havia uma censura no cinema que proibia cama de casal. Um dia, conheceríamos a censura que tudo proibia; ela chegou após 1964.

Em Araraquara, uma casa de comércio mais ousada passou a vender liquidificadores. As pessoas olhavam para eles nas vitrines e ficavam desconfiadas e tentadas. Quem seria o primeiro a comprar? A loja ampliou um anúncio da revista *Seleções*, do *Reader's Digest*, e colocou ao lado. Modernidade. *Seleções* trazia as novidades do mundo. No começo saíram poucos aparelhos, mas esses compradores usaram e gostaram, e as mulheres, maravilhadas, começaram a fazer propaganda boca a boca. Umas convidavam as outras para assistir à feitura de um vitaminado, como era chamada a vitamina. Correu muito ciúme, inveja, ressentimento, a cidade dividiu-se entre os que tinham e os que não tinham liquidificador. Quem tinha era chamado de gente de elite. Meu pai esperou o abono de final de ano da Estrada de Ferro e comprou um. Era caro.

Cheio de júbilo, ele chegou com o liquidificador e explicou suas mil e uma utilidades. Esse foi um *slogan* que surgiu no futuro.

– Coloca-se leite, depois banana, pedaços de laranja, de mamão e bate-se. Pronto, temos um suco especial, generoso, cheio de vitaminas.

Rosa, mulher muito simples que eventualmente ajudava minha mãe em casa (não podíamos pagar empregada fixa), abriu os olhos deste tamanho:

– Banana, laranja, mamão e leite? Tudo junto?

– Tudo. Traz aí umas frutas!

– Trago. Mas o senhor só vai ligar isso depois que eu for embora.

– Por quê?

– Nem quero ver. É bater no estômago e o estômago revirar, dando a maior gongestã (dizia-se congestã), caindo todo mundo morto.

– Pois saiba, Rosa, que vamos misturar manga e leite!

– Vixe! Credo! É pra cortar o sangue.

Assim por diante. Aquela foi uma tarde inesquecível, porque Rosa desfilou todos os tabus alimentares existentes (minha mãe meio concordava, meio se mostrava ansiosa por ver). Tudo matava. Nada matou. Hoje vemos até caipirinha e caipirosca de melancia com pinga ou vodca. Isso era mortal. Melancia e leite, então! Logo, iríamos para o ginásio e no intervalo corríamos tomar vitaminados nos bares do Hanai e do Oguri, dois que mereciam uma rua na cidade, desbravadores que foram à luta contra os tabus. Quanto me divirto, hoje, quando, de manhã na padaria, vejo pessoas pedindo:

– Bate aí uma caracu com ovos!

Jamais tive coragem de tomar.

Você tem coragem de atravessar um cemitério à noite?

Mexendo em cadernos de recortes e anotações, uma das bases da crônica e da literatura, dei com reportagens sobre ladrões de cemitérios. Gente que viola túmulos, rouba estátuas, portas e placas de bronze e as revende aos sucateiros. Pensei nessa gente trabalhando (roubar é trabalhar?) à noite, dando duro, indiferente aos mortos, às almas dos mortos. A ambição supera superstições, respeito. E me vieram imagens de outros tempos.

A grande prova de coragem para a juventude, em Araraquara, era pular o portão do Cemitério de São Bento e atravessar a alameda principal até chegar ao Cruzeiro (escrevia-se com maiúscula) que havia no fundo, onde as pessoas deixavam velas acesas. Por que Deus gostava tanto de velas? Quem atravessava demonstrava frieza, valentia e ganhava ponto. De tempos em tempos, marcava-se uma prova para testar os "machos". Alguns não compareciam, alegavam no dia seguinte que o pai tinha chamado para ajudar em um trabalho ou a mãe tinha proibido e trancado a porta da casa. Quem não passava pela prova ficava "marcado". Mais dia, menos dia, teria de se submeter a ela para voltar ao convívio dos "normais", dos valentes, dos que eram dignos de ser homem.

Ultrapassado o portão, olhávamos a alameda e ela parecia ter 100 quilômetros. Escura (além de tudo, a cidade era mal iluminada), sombreada, caminhávamos juntos, olhando para todos os lados, atentos aos ruídos. Ratos corriam e derrubavam latas de flores e vasos. Um tossia e todos morriam de susto. Ao longe, um carro, um caminhão, ou fosse lá o que fosse, nos paralisava, era como se estivesse dentro do cemitério. Uma noite, um de nós decidiu correr, assim encurtaria a tortura, mas tropeçou, caiu, se ralou todo. Não contou à mãe onde tinha se ralado, ela diria: "Vingança dos mortos, melhor deixá-los em paz".

Aqui e ali e ao longe havia luzes de velas. Pessoas que no final da tarde acendiam para iluminar os que habitavam as trevas. Como se o escuro incomodasse os defuntos. Certa noite, tivemos um alumbramento, como diria Manuel Bandeira. Vimos o fogo-fátuo. Sempre ouvíamos dizer daquele fogo que saía dos túmulos e subia, desaparecendo no ar. Ninguém conseguia explicar a razão. O povo acreditava que era o morto que, sentindo-se esquecido, pedia missa ou orações. O professor Machadinho, que lecionava Química, deu a explicação: "Fogo-fátuo é uma luz azulada que se avista em pântanos, brejos ou lamaçais. É a inflamação espontânea do gás metano, resultado da decomposição de seres vivos. Quando um corpo orgânico entra em putrefação, emite o gás metano." E Machadinho colocou no quadro-negro o símbolo: CH_4.

– Quem já viu fogo-fátuo?

Alguns ergueram as mãos e então contamos nossas proezas.

– Na próxima vez, quero ir junto. Nunca vi!

O fato foi comentado na sala dos professores, de modo que o Jurandyr Gonçalves Ferreira, que lecionava Português, deu uma redação: "Como vi o fogo-fátuo". No meu texto, eu, exagerado, contei que apanhei o fogo em um pires e levei até em casa, mas meu pai, ao acordar de madrugada e temendo que aquilo incendiasse a casa, apagou. Não expliquei – e Jurandyr não perguntou – como é que eu, no cemitério, teria um pires. Literatura é fantasia, aprendi cedo.

Ficamos acostumados a essas incursões noturnas ao São Bento, porque havia outra aventura. A dos *voyeurs*. O muro dos fundos dava para um descampado escuro à noite. Os namorados, às vezes, conseguiam convencer as jovens a ir até lá e era um tal de mão aqui, mão ali, mão lá. Pulávamos o portão e íamos até o muro, onde tínhamos feito vários buracos. Mas era uma loteria, tinha de ter muita sorte de os namorados se agarrarem bem na frente dos buracos. Com raiva, frustrados, a gente começava a imitar uma discussão entre mortos:

– Me larga!

– Devolve meu osso!

– Onde caiu minha caveira?

– Me coloca de novo no meu túmulo!

Do outro lado era uma debandada com as jovens gritando apavoradas.

> Política, mulheres
> e futebol sempre foram
> assuntos de barbearia.
> Não para crianças.

Ao me olhar, dia desses, minha mulher alertou:
– Não vá para Santa Catarina sem cortar esse cabelo!
Estava quase embarcando para Campos Novos, onde deveria abrir uma festa literária. A cada semana, a cada dia, descubro uma nova cidade realizando um festival, uma feira, uma bienal de livros. Para chegar em Campos Novos deveria apanhar um avião para Florianópolis e fazer baldeação (palavra que caiu em desuso, era muito usada por ferroviários) para Chapecó, onde um carro iria me esperar e me levar à cidade, rodando duas horas. Quanto mais complicadas, mais gosto dessas viagens, vou penetrando o Brasil, por caminhos e regiões desconhecidos.

E o cabelo? Olhei no espelho o que me resta. Não está uma juba, como dizia minha mãe. Outra expressão da época de infância e juventude era gadelhudo. Não tem no Aurélio. Mas tive lembranças do barbeiro da esquina da rua Seis com a Djalma Dutra, antiga Guaianases, o Lazinho Mendes.

Lazinho cortou meu cabelo até a maturidade. Adorava voltar à cidade e sentar-me ali. Ele leu meus primeiros livros, tinha orgulho.

Quando falava de política revelava-se de esquerda. Minha mãe gostava e tinha medo dele. "É comunista", dizia. Imaginem, o único comunista que conheci na cidade foi o Pedrozinho, um idealista ferrenho. Vivia com a polícia atrás. Perseguido durante a ditadura militar, que perseguia até quem comia melancia, por ser vermelha, Pedrozinho desapareceu, nunca mais soube dele. Como milhares de desaparecidos durante a ditadura.

Cabelo se cortava aos sábados. Porém, não à tarde, que era reservada aos adultos que trabalhavam durante a semana e até o meio-dia do sábado. A hora da gente grande era chatíssima para as crianças, eles só falavam de política. Discussões bravas, quentes, xingavam, quase se batiam, um era do PSD, outro da UDN, do PSP ou do PTB. Todas as semanas derrubavam os governos, consertavam o país. Os políticos já não prestavam, acho que nunca prestaram. Não é de hoje. As mães não levavam os filhos, porque era palavrão para tudo quanto é lado. Os adultos também falavam de mulheres. Sei porque às vezes passava rodando o arco e ficava do lado de fora ouvindo, esta dá, aquela está dando. Não entendia o que elas estavam dando. Todos sorriam e por isso a palavra "dando" me soava encantada. Devia ser coisa boa. Cresci com isso. Dar era um momento deslumbrante, importante. Feliz.

Foi em São Paulo, adulto, que descobri a delícia de sentar-me na cadeira e fazer a barba. Colocavam uma toalha quente no meu rosto, massageavam, cochilávamos, depois passavam o sabão com um pincel de pelos macios. Vinha o ritual da navalha, manejada por mãos hábeis. Navalhas eram objetos temíveis, quando nas mãos de marginais. Nada pior do que uma navalhada no rosto. Porém, para os barbeiros eram pura carícia. Sempre me perguntavam: deixa o bigode? Nunca deixei. Eu via o trabalho que dava, meu pai tinha.

    O segundo instante era cortar os cabelos. Não havia tantos cortes diferenciados como hoje, em que a fantasia corre solta. Era um único, baixar a juba, acertar as pontas. Alguns jovens deixavam um topete caído sobre a testa, dava um ar sedutor. Copiavam Elvis Presley.

    O ritual durou décadas até que surgiram as máquinas elétricas de barbear e, em seguida, as giletes descartáveis, o Prestobarba etc. Nos anos 1970, os barbeiros quase faliram, ninguém cortava o cabelo ou fazia a barba. Tempos de camisas floridas, bolsa capanga a tiracolo, cabelões e barbas à la Guevara, amor e flor e também ditadura.

    O tempora, o mores, dizia Luciano, professor de latim do ginásio, duro na queda, mas competente com as declinações e gêneros, tanto que mais tarde consegui entender o alemão. O que vejo hoje? Salões de barbeiros voltando a ser moda (agora se diz tendência), com toalhas quentes, perfumadas, massagens, cabelos cortados nas mais exóticas formas, é um festival de desenhos, e tudo começou com os ídolos de futebol. Há cremes, loções estrangeiras, francesas ou italianas, podólogos, cafezinho com várias opções. Em São Paulo, tem um salão que oferece chopinho tirado sob pressão. Em lugar de conversas há televisores ou as revistas habituais, *Caras*, *IstoÉ Gente*, *Quem*. Quando se conversa, o assunto entre homens é o mesmo, mulheres. Não as que conhecemos, do bairro ou da quadra. Aquelas célebres, inacessíveis ao comum mortal. Aquelas que são notícia até ao soltarem pum. E que soltam, quando precisam aparecer.

Para cada vestido Julieta tinha uma sombrinha feita no mesmo tecido

Sombrinhas. Não se pode dizer que desapareceram, mas tinham diminuído. Agora, com verões cada vez mais quentes (é o aquecimento global, dizem os meteorologistas) e um sol de rachar, as mulheres voltaram ao bom hábito de cobrir as cabeças para proteger os rostos. Algumas sombrinhas são berrantes, outras estampadas. Há brancas e também se veem as pretas. As sombrinhas são variadas, umas maiores, amplas, outras miudinhas, fecham e são guardadas na bolsa.

Sem querer carregar algo que, quando não está chovendo, é um incômodo, as mulheres, por algum tempo, tentaram se defender com protetores químicos, classificados por números, 15, 20, 30, 50. Nomes americanizados, Sundown, Capital Soleil, Physical Fusion, Dream Screen. Muitas tentavam protetores caseiros (havia quem misturasse óleo de cozinha a Coca-Cola, era devastador), tinham nomes engraçados como Rayito de Sol, porém prejudicavam a pele. Então as mulheres correram novamente se refugiar debaixo das sombrinhas e um mar de cores se espalha pelas ruas da cidade.

A variação de tons é intensa e, com algum esforço, se vê um pouco da personalidade. Há vermelhos berrantes, acompanhando o batom ou o esmalte. Há quadrados coloridos, quem sabe influência remota de Mondrian. Há o azul-marinho ou o azul de Nossa Senhora, este é mais suave, indica um temperamento acolhedor. Os fabricantes de sombrinhas buscaram nos catálogos das fábricas de tinta os nomes para suas cores, atraindo as mulheres: vestido de noiva, lua de mel, amarelo bico de tucano, neutro dama da noite, roxo calmo, azul cor de pensamento.

Amarelas em profusão, uma cor perigosa, dizia meu pai. Mulher de amarelo ou é corajosa ou muito bonita, sentenciava. Não sei de onde tirou, mas passei a reparar, o amarelo é ingrato com certas pessoas.

Há sombrinhas raiadas, preto e branco, confundindo o olhar, há xadrez preto e branco ou misturando tonalidades, há as cores do arco-íris.

Sim, as sombrinhas também protegiam das garoas, das repentinas chuvinhas de verão, ainda que não resistissem aos temporais com vento, quando viravam do avesso.

Na juventude, lembro-me de que no interior, as viúvas usavam sombrinhas pretas ou cinzas, espelhando a dor que sentiam. Muitas vezes, conhecidas ou amigas se alegravam: "A Juventina saiu de sombrinha verde, o que será?" Podia estar se alterando o coração. O luto terminado, um olhar doce pousara sobre ela, seu caminhar era mais acelerado.

Naqueles anos não eram comuns as sombrinhas exageradamente estampadas, mulher que as usasse era exibida, volúvel, vaidosa. Maldades caíam sobre a coitada: "Olhando a sombrinha, não vemos a cara feia que tem".

Muitas faziam o jogo, quando se aproximavam dos homens. Perto, baixavam a sombrinha cobrindo o rosto, davam risadinhas sorrateiras. Depois olhavam para trás.

Havia quem simplesmente não se deixava ver nunca, criando um mistério. Mistérios prosaicos, bastava segui-las, ver em que casa entravam e esperar, ou passar muito diante da casa, aguardando a coincidência; uma hora, ela haveria de sair. Jogos ingênuos de provocação. Tempos tão simples. Havia casais de namorados que se protegiam dos indiscretos. Abraçados junto aos muros, agarradinhos, não se viam as cabeças.

Lembro-me de uma senhora, Julieta, que cada vez que mandava fazer um vestido novo, comprava um pouco mais de tecido. Feito o vestido, ela corria à Casa das Sombrinhas, que não só vendia como também fabricava e consertava. Entregava o tecido e dias depois saía à rua, sombrinha e vestido combinando. Ia a São Paulo comprar estampas que não fossem encontradas na cidade, para que ninguém fizesse igual.

Era uma sensação quando ela estreava um vestido, como se dizia. Ia à sessão de cinema de domingo e entrava em grande estilo, sabendo-se olhada, de braço dado com o marido e a sombrinha no braço. Não existia ainda horário de verão, de modo que já estava escuro quando a sessão das 19h30 começava, porém ela alegava: "pode dar uma chuvinha no final". Não dava. Naquele tempo sabia-se a meteorologia por olhar as nuvens no final da tarde.

Quando Julieta morreu, todos foram à casa dela, queriam conhecer o famoso *closet* (palavra chique) de sombrinhas. Eram centenas. Naquele tempo, os velórios eram feitos em casa, colocava-se um pano preto ou roxo com tons prateados, cobrindo a porta de entrada. Foi bonito. O marido pediu que cada mulher apanhasse uma sombrinha e acompanhasse o cortejo até o cemitério. Foi bom, o sol escaldava. O cortejo mais colorido que já se viu, o funeral mais alegre que a cidade acompanhou. Um festival. A morte pareceu leve.

Na volta, todas quiseram devolver as sombrinhas, ele recusou: "Fiquem com elas, assim se lembrarão de minha amada". Por muitos anos nas ruas, ao ver alguém passar com uma sombrinha colorida ele sorria, lembrava-se de Julieta. Sobre o túmulo ele mandou colocar uma sombrinha de bronze, que estaria lá ainda hoje, não fossem os ladrões que roubam metal nos cemitérios.

No tempo em que geladeira era luxo, só os ricos possuíam

Estava tranquilamente sentado em meu estúdio, preparado para escrever esta crônica, quando Alzeni, minha "assessora para assuntos domésticos" (antigamente se dizia empregada, mas o politicamente correto proibiu), me trouxe um cacho de uvas fresquinhas. Lá fora o sol outonal. No que vi as uvas, lembrei que compramos uma caixa no domingo, ao regressar de Araraquara a São Paulo. Sempre fazemos uma parada no Serra Azul, no quilômetro 72, para uma água, um café, talvez um pastel. Tínhamos saído cedo, temendo o congestionamento da Páscoa no final da tarde.

Esse posto é *point* de motoqueiros. São centenas com suas Harley-Davidson e outras de menor impacto, sendo que os condutores envergam roupas pretas e botas, resquícios de Marlon Brando no filme *O selvagem* (*The Wild One*), de Laslo Benedek, 1953, que impactou minha geração. Só que aqueles eram jovens, e esses motoqueiros modernos são cinquentões ou sessentões, e boa parte deles é gorda. Sonho. Cada um tem o seu, que se divirtam. Se as motos os conduzem à juventude, sejam felizes.

A banca de frutas no Serra Azul é confiável, e, cada vez que vejo as uvas rosadas, elas me conduzem ao Natal da infância. Engraçado, antigamente só havia uvas em dezembro. Hoje elas dão o tempo todo. Tecnologias diferentes, outras qualidades, novos métodos de plantio? A primeira vez que fui ao Rio Grande do Sul e vi as uvas plantadas no sistema espaldeira, isto é, verticalmente, em lugar de estarem em forma de pergolados, acima de nossas cabeças, fiquei admirado. Tinha visto em filmes. Também a expressão "uvas de mesa" me deixava curioso. Até saber que a uva do vinho é diferente.

Quase toda casa em Araraquara ou no interior tinha uma parreira (pequeno pergolado) no quintal e ali embaixo muitos celebravam o almoço de domingo ou de Natal, Páscoa etc. Meu pai não nos deixava tocar nos cachos até que estivessem amadurecidos, "prontos" para o uso. Ele controlava quantos tinha, contava. Não por ser avarento, mas sabia que as crianças avançavam sobre qualquer coisa, mesmo verde. Manga verde com sal era iguaria, por exemplo. Certo dia, meu pai apanhava uns tantos cachos, deixava numa bacia com água fresca e repartia.

Não tínhamos geladeira. Poucos tinham, só os ricos. Nos anos 1940, em Araraquara, lembro-me de duas casas em que havia geladeira. A do Carlos Malkomes, superintendente da CPFL, vizinho à minha casa na avenida Guaianases, e a do Germano Xavier de Mendonça, que morava em frente à Beneficência Portuguesa. Sempre que havia alguma festa em casa de vizinho, dona Alzira se cansava de guardar perecíveis na geladeira. Havia solidariedade.

Aliás – e está contado em meu livro de viagem *Acordei em Woodstock* –, quando passei por Boston, anos atrás, visitei a casa em que morou a família Kennedy (John ainda era criança) e vi a geladeira deles. Um móvel curioso, simples, branco, esmaltado, com um local onde eram depositadas barras de gelo. Até chegarmos a estas ultramodernas, que abrigam uma compra inteira de supermercado, correu muita água.

Vez ou outra, meu pai comprava cervejas e refrigerantes para o almoço de domingo ou alguma data festiva. Refrigerante era a Cotuba, depois veio a Mimosa, que existe até hoje e adoro. Por um tempo, uma família de padeiros, os Palamones, fabricou uma réplica da Coca-Cola, chamada Prinz-Cola, que eu adorava e era vendida geladíssima na padaria na esquina da rua Três com a avenida Brasil. Para gelar as bebidas, íamos ao laticínio, em frente à estação da estrada de ferro e que pertencia aos Nogueira. Comprávamos barras de gelo e uma carroça ia entregar. A serragem para conservar o gelo vinha da serraria Negrini, na rua Sete.

Como imaginar naquela época que todos teriam geladeiras, não apenas os ricos? E que as geladeiras poderiam ter uma, duas ou três portas? Ter congelador para carne (sem precisar conservar as carnes dentro de banha em latas), peixe, o que fosse? Geladeiras com torneira na porta para a água? Ou com um orifício para atirar pedrinhas de gelo dentro do nosso copo de uísque. Quem diz "aquele tempo é que era bom" é porque não está aproveitando o tempo de hoje.

A vida tem bilhões de anos, e o que fizemos dela?

A Semana Santa em Araraquara começava na véspera de um dia especial, o Domingo de Ramos. Saíamos no final da tarde, indo à periferia buscar arbustos, palmas, o que houvesse disponível nos capões de mato. Uns levavam carrinhos de mão, outros jacás, cestos, sacos de estopa, o que houvesse. De noite, as mulheres faziam ramalhetes ornamentados que na manhã seguinte levaríamos para a Matriz, de onde saía a Procissão de Ramos, que representava a entrada de Jesus em Jerusalém. Era o início da Vida, Paixão e Morte.

Dia festivo, havia cores nos vestidos, nas flores, nas imagens, a banda tocava músicas alegres, sacudíamos nossos ramos recepcionando o Senhor. Igreja cheia, praça cheia, alto-falantes transmitiam as músicas do órgão tocado pela Zilah Borges, a mesma que na procissão da sexta-feira, a do Senhor Morto, cantava como Verônica, desenrolando o rosto de Cristo impresso em sangue num tecido diáfano.

No domingo, todos os ramos eram bentos, ou benzidos, como dizíamos. Depois, em casa, guardávamos com cuidado, eram nossas armas contra tempestades violentas, raios e trovões. Quando a água caía torrencial e as enxurradas cresciam, tomando as calçadas, púnhamos os ramos no fogo, invocávamos Santa Bárbara e Santa Escolástica, a fumaça subia com nossas preces, os céus ouviam, diminuíam a intensidade das águas. Ao menos nas minhas lembranças.

Como eram teatrais. Como nos tocavam as Liturgias da Semana Santa (tudo se escrevia com maiúsculas), superproduções cantadas em latim, língua misteriosa que nos fazia tremer de emoção. *Tantum ergo sacramentum. Veneremur cernui.* As orações latinas eram compostas de maneira que, ditas em conjunto, ressoavam pelas naves das igrejas, tomadas pela fumaça do incenso dos turíbulos e nos penetravam. O incenso dava um barato em todo mundo.

Se havia alegria no Domingo de Ramos e no Sábado de Aleluia, havia tristeza na morte de Jesus e na comoção no Sermão das Sete Palavras – para o qual se contratavam padres oradores que levavam a multidão ao choro. Eram talentos.

Tristeza na procissão do Senhor Morto e no Encontro Doloroso. Uma procissão com mulheres seguindo Nossa Senhora com manto roxo saía para um lado. Para o outro, seguia a procissão dos homens levando o Jesus morto em seu esquife – eu adorava essa palavra – debaixo do pálio. Eram milhares de pessoas em filas, divididas por associações. Apagavam-se as luzes da cidade inteira, levávamos velas nas mãos. A certa altura, numa praça, encontravam-se a Virgem Maria – trespassada pela dor – e seu filho. Um sermão lancinante nos abalava. A essa altura era madrugada. Crianças, adorávamos essa procissão, podíamos quase atravessar a noite toda.

Superprodução, a Semana Santa pegava todos de jeito. Era teatro, filme, telenovela. Os que não estavam na procissão, estavam nas janelas adornadas com as mais belas toalhas de mesa, castiçais e velas. Os rádios emudeciam. Os quadros nas casas e na igreja eram ocultos por panos roxos. Não se tocava a campainha, apenas a matraca, som lúgubre de ferro sobre a madeira. Nas peças do Zé Celso Martinez, do Teatro Oficina, estão embutidos muitos rituais da Liturgia da Semana Santa. Ele não perdia nada, fascinado, levado por dona Angelina, sua mãe.

Sábado de manhã, chegava a alegria. Cristo tinha ressuscitado e subira aos céus, o que nunca entendi quando criança, mas aceitava. Na missa da aleluia, no momento do Glória, acendiam as luzes, caíam os panos, tocavam os sinos, carros buzinavam, as locomotivas das ferrovias apitavam sem parar. Saíamos, porrete na mão, a malhar os Judas, bonecos de palha vestidos com roupas velhas, rasgadas, amarfanhadas. Um dia entendi por que, ao sair de casa mal-arrumado, as mães diziam:

– Não me vá sair por aí como um Judas.

Se elas vissem hoje os jeans rasgados, as camisetas deploráveis, o que diriam? Um ou dois anos atrás, estava em minha cidade e, do alto do prédio em que me hospedo, vi sair a procissão da Sexta-Feira Santa. Melancólico. Meia dúzia de gatos pingados, junto a um caminhãozinho de som rouco, como se fosse um trio elétrico. A procissão andou três quadras, começou uma chuvinha, o velho padre abandonou o rebanho, correu para a igreja. Os fiéis, com as velas apagadas pela água, também encurtaram o trajeto, tentaram proteger Cristo morto com um pano e voltaram, enquanto nas casas e nos edifícios, as pessoas jantavam, assistiam novelas ou telejornais, mandavam mensagens, postavam fotos no Instagram. Quantas coisas se foram sem nada para substituí-las. Foi ficando um conjunto de vazios que não sabemos como preencher, a fé, o sonho, a ética, a integridade dos que governam, o respeito um pelo outro, a crença no país, o desejo de lutar por mudanças, a educação, as conversas. Como diz aquele filme *Lucy* (de Luc Besson, com Scarlett Johansson): "A vida tem bilhões de anos e o que fizemos dela?"

Quem conseguiria seduzir a dama misteriosa e sensual?

Era das mulheres mais bonitas e elegantes da cidade. Cobiçadíssima. Os homens sonhavam, desejavam, buscavam estratégias para se aproximar. No entanto, era uma senhora irredutível, ninguém ultrapassava os limites. O marido, muito mais velho, era olhado com um ar de comiseração. "Pobre coitado, não dá conta, não pode dar", diziam à boca pequena, expressão da época. Circulavam notícias: "Ela saiu com aquele jovem dentista que veio do Rio de Janeiro". Ninguém provava, ninguém confirmava.

Ser do Rio de Janeiro era algo indescritível naqueles anos 1950 provincianos, moralistas, fechados. Alegava-se (deviam ser os próprios cariocas) que carioca era malandro, *bon vivant*, espertíssimo, sabia seduzir uma mulher. Já existia o mito Jorginho Guinle, o diminuto milionário que pegava as estrelas de Hollywood. O que faltava em tamanho sobrava em dinheiro. Cariocas faziam inveja e davam medo, às vezes se aproximavam das irmãs. Irmã era sagrada. Acho que foi uma sorte não ter tido irmãs.

Outras vezes, ficávamos sabendo que aquela senhora tinha se relacionado (na verdade os termos eram chulos, grosseiros, vulgares) também com um médico que ninguém sabia do que vivia, mas tinha muito dinheiro. Era um homem misterioso, e homens misteriosos despertam os desejos das mulheres, é o que se afirmava. Também correu que ela tinha um romance com um professor de ginástica que usava tênis americanos, numa época em que os tênis brasileiros eram horrendos, coisa de gente pobre que não podia pagar sapato do Barbieri. Os sapatos da Casa Barbieri eram o máximo.

Havia quem ficava de campana, como se dizia, ou à espreita, o tempo inteiro, para ver se aquela nobre senhora voluptuosa saía e ia se encontrar com o professor. Outros ficavam na cola do professor que acabou sendo flagrado com a filha do presidente de uma ordem religiosa que tinha alto prestígio na igreja. O homem se mudou da cidade. Tempos terríveis, você podia ficar marcado, condenado.

Não, nada, nada disso, ela é amante, desde antes de se casar, do gerente do banco que acabou de chegar, vindo de Duartina, um sujeito que não sai dos cabarés da rua Oito. Dizer cabarés da rua Oito significava dizer bordel. Corriam sobre esse homem casos indecentes, lascivos, libertinos, dando conta do que era capaz, do que sabia.

Como era admirado aquele gerente. Então, ele obtivera o que ninguém tinha conseguido? O cofrinho precioso da mulher. Qual o seu método, sistema, ardil? Daria aulas? Parece que ele era de origem francesa e todos os pecados mortais eram cometidos na França, vejam a indecência que é Paris, onde namorados se beijavam na boca em plena rua.

Por um tempo ninguém soube de nenhum amante novo dela. Nem saía mais. Outro mistério, o que estava acontecendo? Correu que o marido, sabedor de todas as estripulias dela a acorrentara ao pé da cama.

Uma tarde, saíram marido e mulher com uma perua Veraneio e fizeram compras, e mais compras na Casa Esmeralda, no Lupo, no Bazoli, na Casa Lima, no Bazar 77, na Casa Nazarian, nos produtos de cobre do velho Lombardi, na padaria Madalena, na Raia, na Eletro Tamoio, no Ary Rubin, na Casa Leão, nos Móveis Castelan e Negrini (mandaram entregar), na Casa das Linhas e na Casa das Sombrinhas, na Renner, na Relojoaria Garita, na Casa Racy, na Texidal, na Casa Brasil, no Rodela, nos Calçados Valmara, na papelaria Navega, no Santelli. No dia seguinte, ela foi ao Rosário (o que mais vendia a deliciosa lança-perfume Rodouro no carnaval) e tratou dos cabelos, da pele, fez as unhas, recebeu as encomendas. Ah! Por melhor que seja este nosso tempo, nunca mais existirá uma festa como a Rodouro!

A casa amanheceu fechada por três dias. No domingo à noite, um incêndio destruiu tudo. O casal não foi mais visto. Ninguém recebeu um tostão pelas compras. Rubinho Lombardi, dentro de um terno branco de linho 120, elegantíssimo e informado, foi visto diante do seu café, o IT, esfregando as mãos uma na outra, com um sorriso zombeteiro nos lábios. Murmurava: "Vocês nunca saberão nada".

Noites de amor em uma cidade que foi tranquila há 50 anos

Nada como a curiosidade. O que recebi de e-mails e telefonemas depois da crônica/conto sobre a dama misteriosa. A maioria gente de minha idade e de minha cidade. Uns, amigáveis:

– Diga, era a fulana de tal?

– Não.

– Pode contar, ela morreu.

– Não sei se morreu, não sei...

– Guardo segredo.

– Eu também.

Outros, avisavam:

– Se é quem estou pensando, olhe lá. É minha parente.

– Em quem está pensando?

– Diga você que escreveu.

– Quer me pegar no pulo?

As conversações ficaram nesse nível, esquecendo os meus amigos que um jornalista jamais revela suas fontes. Lembram-se do caso Watergate, que derrubou Nixon? Os jornalistas do *Washington*

Post jamais revelaram quem era o "garganta profunda".[1] Só foi revelado quando a fonte morreu, poucos anos atrás. Claro que há um abismo entre Watergate, que derrubou um presidente americano, o Nixon, e o caso de uma mulher amorosa, insaciável, que se dedicava alegremente ao prazer. Ao menos, nas lendas.

Um terceiro:

– Sei quem era. Estive com ela. Maravilhosa, inesquecível. Vamos fazer uma coisa para conferir. Nós dois dizemos o nome ao mesmo tempo. Se bater, era ela mesma.

– Se você sabe e esteve com ela, por que não guarda a doce recordação de noites de amor no silêncio de uma Araraquara que foi tranquila meio século atrás?

– E se de repente havia mais de uma?

– Não sei quantas havia. Eu pessoalmente me lembro daquela, ainda vai ser um romance. Claro, um romance *à clef*.

– O quê? Um romance do *chef*?

– Não, *à clef*.

– Não entendo.

– Linguagem de ensaios de literatura, de crítica, quer dizer um romance sobre um fato real, mas com nomes trocados, os nomes são *à clef*, ou à chave, em francês.

– Sei não, penso muito naquela mulher de vestidos estampados, justos, colantes, saltos altíssimos. O Barbieri mandava buscar os

---

[1] *Garganta profunda* é um filme pornô de 1972, sucesso estrondoso, que celebrizou a atriz Linda Lovelace. Mas, em 1972, quando estourou o escândalo da invasão de um escritório do Comitê Democrático, em Washington, localizado no edifício Watergate, o informante secreto que deu base às investigações dos jornalistas do *Washington Post*, Bernstein e Woodward – que cobriram tudo e levaram à renúncia de Nixon –, ficou conhecido como "Garganta profunda". Sua identidade ficou oculta até sua morte, em 2008. Era William Mark Felt, que teve importante posto no FBI.

sapatos para ela, era a única que usava. E ela só era atendida pelo Paulo Machado, filho da dona Sebastiana, irmão da Rita, um mestre no departamento de calçados. Era ela, não era?

– Nem sei quem era essa. Paulo Machado conheci, foi meu parente. Quanto a essa mulher de quem você fala, não sei quem é. Está na sua memória, vai ver é seu imaginário.

– E se a mulher que você relatou também estava no seu imaginário? Criou para despertar a curiosidade, a ânsia ou o desespero das pessoas.

– A minha existiu, é real.

– Como provar?

– Não preciso provar nada.

– Não acredito em você.

– Nem eu mesmo às vezes acredito em mim.

– Um dia você vai ter de revelar, nem que seja na justiça.

"Aguardemos", pensei. Aguardamos tantas coisas, umas se realizam, outras não. Só asseguro que a misteriosa dama (nada misteriosa para mim) existiu e iluminou um período de vida. E ela ainda vive, boníssima pessoa. Ainda bela. Quem fica em nossa memória jamais desaparece, nunca morre.

**Lugares que
hoje são lendários
e pessoas que se
tornaram mitos**

Antes lendário reduto de ricos, grã-finos e intelectuais, hoje o Paribar é de todos

Tudo começou quando um grupo de amigos se formou, decidido a ir à Biblioteca Municipal Mário de Andrade para ver a exposição *Zero*: 40 anos – A Aventura Libertária de Ignácio de Loyola Brandão, com breves *insights* da minha vidinha. A exposição era a prévia da Segunda Festa Literária de Aquiraz, antiga capital do Ceará. Cada um de um ponto da cidade foi chegando e se assustando. A exposição, que ocupava todo o *hall* de entrada, tinha desaparecido. Fala daqui, fala dali, fomos informados que, por questões de logística, os caminhões tinham levado a mostra embora no dia anterior, caso contrário não chegariam em tempo ao Ceará.

Desapontados, brincamos: "Já não vimos a exposição, agora fazer o quê?" Como se não houvesse mais nenhum programa em São Paulo. Sábado de sol, centro da cidade, surgiu a ideia de rever o Paribar. A maioria do grupo tinha idade para tê-lo conhecido nos tempos áureos, quando era um mítico *point* de intelectuais, grã-finos e descolados.

Demos a volta na praça Dom José Gaspar e chegamos a tempo de conseguir as últimas mesas, uma vez que éramos quinze.

O garçom Silvio, experiente – com passagens por várias casas boas da cidade, eu o conheci no Plano's, o bar da Sylvia Kowarick na Oscar Freire –, conseguiu acomodar todos.

Mal sabíamos que era a redescoberta do centro da cidade nos finais de semana. Paribar, uma lenda. Com suas cadeiras e mesas na calçada, lembrava os cafés de Paris. Instituição, criado em 1949, foi o bar da moda dos anos 1950, passou incólume pelas décadas seguintes – enquanto o centro se deteriorava – até ser fechado em 1983. Foi reaberto por Luiz Campiglia em 2010. Reconstituído tal qual era, com dois ambientes, interno e externo, mesas e cadeiras na calçada, à la Saint-Germain. As cadeiras, confortáveis, são as mesmas (digo idênticas), o toldo listado em verde e branco retornou. Ali se reuniam intelectuais como Sérgio Milliet, Paulo Emílio Sales Gomes, Arnaldo Pedroso D'Horta, Luiz Lopes Coelho, Luís Martins – que antecedeu a todos nós, cronistas do Caderno 2 no jornal *O Estadão* – e sua mulher Ana Maria, hoje da Academia Paulista de Letras, doce e generosa figura.

Também havia gente do cinema como Anselmo Duarte, Fernando de Barros, Marlene França, Aurora Duarte, Lima Barreto, Araçary de Oliveira, Marisa Prado, Tônia Carrero, empreendedores como Pedrinho Leardi e o criador do Masp, Pietro Maria Bardi, e a bela jornalista Yvonne Fellman, que os *Diários Associados* roubaram da *Última Hora*. Ou Joe Kantor, um americano, personagem da noite, criador do célebre Nick Bar, anexo ao TBC e depois do Arpège, na rua São Luís. Joe foi figurante em todos os filmes da Vera Cruz, namorou Sarita Montiel quando ela passou por São Paulo. Não consegui levantar a história do nome Paribar, mas me disseram, de orelhada, que aconteceu por aproximação com Paris. Paris bar. Paribar. Será? Depois me contaram que era a síntese de Pastifício, Ristorante e Bar.

Campiglia conseguiu o impossível. Fazer um mito regressar com o mesmo encanto em uma cidade onde o que morreu, morreu. O Paribar está vivo. Estávamos no lugar certo e sabíamos disso. As caipirinhas e caipiroscas coloridas por três limões e as cervejas geladas começaram a aparecer, vieram croquetes de carne, linguiça calabresa picante, pastéis de carne e queijo. Éramos felizes e nos divertíamos ao sol que produzia uma luz de cinema nas árvores.

A praça Dom José Gaspar se encheu. Jovens por todos os cantos. Um bar ao lado trouxe música ao vivo. Um palhaço cheio de cores ia para lá e para cá, sorridente, ganhava um pastel aqui, um pedaço de sanduíche ali; um torcedor do Barcelona comentava futebol; mulheres bonitas e feias; homens sarados como que saídos de academias; tipos estranhos, esquisitos, engraçados passavam. Mulheres de bermudas, pernas morenas, decotes. Tatuados aos montes. O povo desfilava à nossa frente, a praça-passarela. Vivi intensamente o centro quando cheguei em São Paulo em 1957. Havia charme e *glamour* que se tenta reviver em novos termos. Se antes o Paribar era um reduto de ricos, grã-finos e intelectuais, hoje ele é de todos. Não é um lugar caro, na alucinação de preços e na apoteose mental que domina hoje a gastronomia paulistana. Chegando, peça logo a bebida, e a espera do que vem será amenizada. Naquele sábado, o que era frustração, a ausência da exposição, virou prazer, felicidade. Quem consegue isso vai viver mais tempo. Espero.

> "Abra suas asas,
> solte suas feras,
> caia na gandaia,
> entre nessa festa."

"Te encontro à noite no Pirandello" era a combinação usual. Aliás, o bar só abria à noite. Seria bar? Ou era um estado de espírito, para usar um clichê afetivo? Tornou-se lendário. Havia pessoas que ligavam: "Indo a São Paulo, você me leva ao Pirandello?" Lugar encantado e encantador. Levar alguém significava um bom início de noite. Promissor, para quem quer que fosse, homem ou mulher, ou todas as tendências, escolhas. Difícil resistir, ganhávamos mais milhas do que em uma viagem ao redor do mundo nas empresas aéreas de hoje.

Mas o que tinha o Pirandello de tão especial, diferente?

Nada e tudo.

Tinha gente que entrava e dizia: "Mas é isso?" Ao sair, reconhecia: "Nunca pensei que fosse tudo isso!"

O Pirandello era um bar, restaurante, antiquário, brechó, livraria, clube privê onde todos eram sócios, sala de visitas da minha, da sua, da casa de todos nós, ponto de encontro, *lounge* (para usar termo moderno), sala VIP. Tinha um estilo de decoração? Tinha, nunca se soube qual. As coisas seguiam ao sabor do que havia disponível, mudavam quadros, estatuetas, bibelôs, abajures, lustres, vasos, espelhos, gravuras, cômodas, ora estávamos num ambiente *art déco*, ora *art nouveau*, ou barroco, *clean*, modernista. E o que era modernista?

Tédio não havia. Nem repetição. Nem bom ou mau gosto. Havia o Pirandello onde se chegava cedo para conseguir lugar. Quem chegava ficava e não se via cara feia, nem garçom rondando a mesa terminado o jantar, querendo estender a conta. Ou estarei dourando a pílula? Se houvesse tais inconvenientes, tão normais hoje, não me lembro, não ligava, pouco me importava. Se houvesse livro de ponto, vocês veriam que foram poucas as minhas faltas. Poucas as faltas de todo mundo. Quem era todo mundo? Escritores, jornalistas, artistas, pintores, diretores de teatro e cinema, economistas, publicitários, desocupados, fazendeiros, portuários, normalistas, livreiros, guarda-livros, bancários, banqueiros, socialites, alfaiates, arquitetos, advogados, agrônomos, modelos, penetras. Descolados e caretas. Nem sei se não havia algum corrupto ali pelo meio.

Quis sempre a mesa que dava para a escada que descia ao andar inferior (porão, ou subsolo), onde Anaelena, Cristina e Patrícia abriram uma filial da Capitu, a livraria onde as coisas aconteciam. Capitu e Pirandello eram irmãos siameses, um extensão do outro. No salão tínhamos visão total das mesas, e os espelhos, colocados estrategicamente, auxiliavam na paquera, refletindo todos os ângulos, segundo a sedutora redatora de publicidade Lu Franco.

Quem juntava gente como Paulo Caruso, fidelíssimo, Caio Fernando Abreu, Joyce Cavalcanti, Mario Prata, Ivan Ângelo, Raduan Nassar (acreditem, eu o vi lá), Washington Olivetto, Roberto Duailibi,

Ruth Escobar, Lina Wertmüller, Jô Soares, Eder Jofre, Pedro Herz, Marcos Rey, Lygia Fagundes Telles, Ricardo Carvalho, Elba Ramalho, Sandra Pêra, Lennie Dale, Raul Cortez, Paulo Autran, Karin Rodrigues, Walter Hugo Khouri, Anselmo Duarte, Paulo Bomfim, Antunes Filho, Ana Maria Martins, Ricardo Ramos (um que faz muita falta)? Ricardo, certa vez, levou o retrato de seu pai, Graciliano, pintado por Portinari para uma exposição, e o retrato ficou meses na parede. Jantei olhando para ele muitas noites.

Luis Fernando Verissimo esteve lá quando a Capitu fez uma exposição sobre o Erico. Chegou tímido e o Maschio, louco como sempre, a falar agitado, queria porque queria um boné do Erico para pôr sobre uma máquina de escrever que estava no "cenário". As meninas da Capitu já tinham conseguido originais e desenhos do pai de Luis Fernando. Mas boné? Não havia. Maschio não hesitou, pegou um boné dele mesmo e disse pro mundo que era do Erico.

Quem colocava as pessoas mais diferentes num mesmo lugar, divertindo-se naquele final dos anos 1970, início dos 1980, tempo de ditadores, censores, inflação alta, *overnight, open market*, em que se falava de anistia, em que "dançar" era ter entrado pelo cano, e "chocante", "manero", "porreta", "joia", "estou contigo e não abro" eram gírias e expressões do cotidiano? Tempo das Frenéticas, do Tititi, dos Dzi Croquettes, de Porcina, Hulk, do saque de vôlei viagem às estrelas, de Malu Mader e de Malu Mulher. Uma frase de Oscar Wilde poderia estar sobre o portão de entrada: "A vida é muito importante para ser levada a sério". Ultrapassávamos o portãozinho de ferro, percorríamos um corredor de ladrilhos hidráulicos e estávamos dentro.

Quem comandava aquela nau de insensatos? Maschio e Wladimir Soares, inseparáveis como o Gordo e o Magro, Tom e Jerry, como os Três Patetas, os irmãos Marx, os policiais rodoviários Chips, o senhor Roarke (Ricardo Montalban) e o anão Tattoo (Hervé Villechaize), a Gata e o Rato, Ziraldo e o Menino Maluquinho. Wladi com seu chapéu-coco e seu bigodinho Carlitos, Maschio surpreendendo com fantasias diversas, mas podíamos reconhecê-lo pelo riso escancarado, debochado. Nunca o vi de cara amarrada, nem para baixo, de mau humor. Sempre alto-astral, mesmo quando soube do câncer que terminaria com ele.

Desde os tempos em que fazia patês maravilhosos que os amigos consumiam e que o sustentaram por anos, Maschio iluminou a cena paulistana. Iluminou no sentido integral, à frente do Pirandello ou funcionando como um pião naquilo que hoje se chama rede social, fazendo conexões para manifestos contra o regime, a favor das Diretas Já, ou promovendo leilões beneficentes. Certa noite ali vi Ulysses Guimarães e dona Mora comendo frango à Isadora Duncan, prato chefe, que saía da cozinha em linha de produção esmerada. Naquele tempo, apesar de tudo, acreditávamos naquele *jingle* de uma calça jeans, a US Top: "Liberdade é uma calça velha, azul e desbotada". A certa altura, já fechado o Pirandello, Maschio sobreviveu vendendo tudo o que tinha. Ou promovendo jantares inesquecíveis pelo cardápio e pela elegância da mesa. Viu a casa da Augusta ser ocupada pela Cantina do

Piolin, um dos garçons do Gigetto, em sua época áurea na rua Nestor Pestana. Maschio se foi aos 66 anos. Muito cedo para morrer. Qualquer idade é cedo para morrer.

Maschio foi símbolo de uma São Paulo que, como parte de um Brasil sufocado, cantava, com as Frenéticas o tema da novela *Dancin' Days*: "Abra suas asas/ solte suas feras/ caia na gandaia/ entre nessa festa".

Giovanni Bruno, o Anarello, se foi, ficou sua lenda

Havia um restaurante em São Paulo, o Gigetto – em Roma também há um –, onde toda a classe teatral, cinematográfica, televisiva, jornalística e intelectual se reunia entre os anos 1950 e 1990. Era ponto de encontro, ali se conversava, se discutia, se comia muito bem, atores eram contratados, diretores convenciam produtores a produzir suas peças etc. Famosos e não famosos ali se reuniam. São Paulo era menor, mais gostosa. Para mim, jovem, tímido e pobre, o Gigetto era o máximo, chique, inatingível. Mas eu ia. Sempre sonhei em comer um prato, o camarão à grega, caríssimo, levei anos até ter dinheiro e provar.

Um dos garçons, o Giovanni Bruno, imigrante que começou descascando batatas, era o mais querido, todos queriam sentar no setor servido por ele. Tornou-se personagem da cidade. Depois, abriu seus próprios restaurantes, sempre bem-sucedidos. Era uma pessoa incrível.

Eu o conheci em 1957 e ele se tornou meu amigo, meus filhos cresceram indo aos restaurantes dele, ia levar meus netos. Ontem Giovanni morreu. Tinha exatamente a minha idade, 78 anos. Escrevi esta crônica sobre ele, divido com vocês.

Italiano, palmeirense fanático, Giovanni Bruno morreu no dia do centenário do seu time. Com ele se fechou um pedaço da história de São Paulo, da gastronomia ítalo-paulistana, da trajetória das cantinas. Giovanni fez parte da saga da família do mítico Gigetto. Deste restaurante partiram garçons e *maîtres*, que montaram seus próprios negócios e foram bem-sucedidos. Giovanni, Fausto, Anselmo, Piolin, Piero, Sargento, Sesto e outros. Nesta semana se encerrou a vida de um personagem da cidade, conhecido por todos, amado, venerado, ele mesmo uma lenda.

De Casalbuono, Itália, começou descascando batatas e tornou-se cidadão paulistano, amigo de governadores, ministros, prefeitos, deputados que frequentavam sua cantina. Recebia as mulheres com uma rosa. Nos últimos anos, aos mais chegados, ele não deixava escolher o prato. "Faço o jantar, você faz a conta", dizia. Sabia o que cada um gostava, não errava. Meu penne à carbonara chegava à mesa na panela. Pagávamos o que achávamos justo, com medo de estar pagando menos, nunca com receio de pagar mais. Era comum, anos atrás, ele chegar e cantar "Champanhe", clássico da canção romântica italiana. De Roberto Carlos a Pavarotti e dezenas de jogadores de futebol (de Ademir da Guia a Pelé), celebridades da televisão e da política figuram nas fotos das paredes. Os anônimos, no entanto, tinham idêntico tratamento carinhoso, VIP. No final do ano, enviava aos amigos centenas de perus para a ceia do Natal.

Minha geração acompanhou Giovanni, desde que ele era cumim, depois garçom no Gigetto, ainda na rua Nestor Pestana, diante do Canal 9, TV Excelsior. Todos assinamos notas naquele reduto, espécie de sindicato, agência, tudo do teatro, cinema e televisão. Ao entrar, procurava-se o setor que estava sendo servido pelo Giovanni. Dos poucos lugares em que o cliente esperava a mesa do seu garçom. De Paulo Autran a Tônia Carrero, Adolfo Celi, de Tarcísio Meira a Glória Meneses, Elizabeth Henreid, Paulo Goulart, Nicette Bruno, Fúlvio Stefanini, Celso Farias, Jairo Arco e Flexa, Jô Soares, Walmor Chagas, Cacilda Becker, Rubens de Falco, Stênio Garcia, Cleyde Yáconis, Nathalia Timberg, Alberto D'Aversa, Antunes Filho, Anselmo Duarte, Jardel Filho, Myriam Pérsia, Leo Villar, Dionísio Azevedo, Flora Geny, Egydio Eccio, Silnei Siqueira, Roberto Freire, Moracy Duval, Ittala Nandi, Odete Lara, Ana Maria Nabuco, Abílio Pereira de Almeida, Fernando de Barros, Dener e suas modelos, Irina Grecco, Armando Bógus, Aracy Balabanian, Boal, Dina Sfat, Joana Fomm, Apolo Silveira (o fotógrafo da moda e da publicidade), Zuza Homem de Mello, Juca de Oliveira, Eva Wilma, John Herbert, Diana Morel, Maria Della Costa, Ruy Afonso, Bibi Ferreira, Consuelo Leandro, Zeloni, Marly Marley, Ary Toledo, Célia Coutinho, Geraldo Del Rey, Jefferson Del Rios, Edla van Steen, Walter Hugo Khouri, Izaías Almada, Elis Regina, Solano Ribeiro e Marília Medalha frequentavam. A história do cinema, da música, do teatro e do jornalismo passou pelo Gigetto e cada um desses personagens tem ou teve uma história em que Giovanni foi protagonista.

Ele inventou o "banco" de crédito. No fim do mês, duro, você chegava ao Giovanni e confidenciava: "preciso de empréstimo". Ele aguardava e finalmente te conduzia a uma mesa grande de dez, doze pessoas. Quando a conta chegava, ele recolhia o dinheiro de cada um (não havia cartão de crédito, pagava-se pouco com cheque, o que corria era dinheiro vivo) e entregava à pessoa, que assinava a nota e garantia alguns dias de "sobrevida". A grande maioria desses nomes acima recorreu ao expediente. Os donos do Gigetto sabiam disso, era prática consentida.

Não foi sem razão que, depois que Giovanni Bruno deixou o Gigetto e abriu sua cantina, todos o acompanharam, jamais esteve só. Ele mudou-se para a rua Santo Antônio, nós também. Não há quem não se lembre da noite em que o velho pianista parou de tocar e se inclinou sobre o teclado. Tinha morrido. De lá para as proximidades da praça Oswaldo Cruz, depois ruas Martinho Prado e a José Maria Lisboa, e finalmente para o Paraíso, na rua que acabou ganhando o nome de sua cantina, Il Sogno di Anarello. Anarello era o apelido do imigrante que virou mais paulistano que qualquer quatrocentão.

Na José Maria Lisboa havia uma mesa especial, estrategicamente localizada na saída da cozinha, caminho para o salão. Amigos chegavam, sussurravam, Giovanni os colocava ali. De cada prato que saía da cozinha, o garçom depositava uma *piccolissima porzione* na mesa perto da coluna. Dois rigatonis, três capeletes, cinco nhoques, e assim por diante. Qual um passarinho, ali se comia. O vinho que sobrava em alguma mesa vinha para ali. Agradecíamos e partíamos.

Homem do bem, coração imenso, ficou deprimido quando, pouco tempo atrás, ladrões fizeram um "arrastão" em seu restaurante. Chorou ao ver como seus clientes foram tratados, passou mal, indignou-se e acabrunhou-se. O coração sofrido, várias vezes socorrido, pareceu ter se entregado de vez. Esse coração que foi personagem.

Certa vez, décadas atrás, Giovanni precisou fazer um cateterismo. Assustou-se, foi. Deitado, impaciente, temeroso, seguiu o procedimento. Quando o médico terminou, sorriu e disse: "Tudo bem, seu coração está novo, ainda aguenta anos". Giovanni deu um salto, tubos que estavam preso ao seu corpo saltaram junto e ele deu um enorme beijo na bochecha do médico, um japonês tímido que se assustou e se encolheu. Dessa vez, no dia do seu Palmeiras, o coração não resistiu.

    O restaurante Il Sogno di Anarello continua funcionando, mas nunca mais consegui ir. Travo, fico bloqueado.

"Arrrrarrraquarrra", dizia ela, e assim ficou célebre. Sumiu. Mas foi redescoberta.

Há décadas um mistério permaneceu: onde estará Jacqueline Myrna? As novas gerações não têm ideia de quem foi. Porém a turma acima dos 60 lembra-se bem. Loira, sensual, pernas magníficas, um sorriso estonteante. Estou usando palavras e denominações da época. Durante anos, Jacqueline foi presença entre as Certinhas do Stanislaw Ponte Preta, humorista que o Brasil não pode esquecer e que dava tacadas certas. Tanto nas mulheres quanto na política. Desafiou a ditadura militar com seu Festival de Besteiras que Assola o País. Hoje, Lalau, como também era chamado, ia rolar e deitar. Ou deitar e rolar, como queiram.

Jacqueline Myrna era uma estrelinha de televisão. Esteve na Record (*A Praça da Alegria*), na TV Rio (*Times Square*), na Excelsior, fez shows, filmes, novelas. Sucesso imenso, era o tipo da ingênua simpática, provocante e maliciosa. Famosa ao pronunciar a palavra Araraquara com sotaque francês. "Arrrrrrrarrrrrraquarrrrrra." Tornou-se um bordão. Muitas vezes eu chegava em uma cidade e, quando me apresentava como nascido em Araraquara, todos sabiam, imitavam

Jacqueline. Eu me divertia, ela era minha amiga. Outro bordão foi "Os brasileirrrrrrrros são tão bonzinhos", reaproveitado por Kate Lyra.

Ao contrário do que muitos pensavam Jacqueline, não era francesa, era romena. Por anos, aquela estrelinha bonita, sensual, foi sonho e desejo de muitos. Diziam que era a Brigitte Bardot brasileira, ainda que o título pertencesse na verdade a Norma Bengell, que viveu BB no filme *O homem do Sputnik*, de Carlos Manga. Lembro-me de um show – ou teria sido algo precursor do videoclipe, antes da febre dos videoclipes – em que Jacqueline estava de pé, com um vestido branco vaporoso que subia, batido pelo vento, revelando suas coxas monumentais (como se dizia). Cópia da cena vivida por Marilyn Monroe em *O pecado mora ao lado*, de Billy Wilder. Estourou. Ainda não havia rede social, nem YouTube, mas hoje a cena pode ser acessada na internet. Claro, por gente de "certa" idade.

As mulheres não conseguiam detestar Jacqueline, porque ela era maliciosa, com um riso aberto, franco, convidativo. Ao mesmo tempo que excitava, não parecia ameaçar, havia nela uma barreira natural, um alerta: "Não chegue, não adianta". Em 1968, ela foi a Araraquara a convite de Aldo Comito, presidente da Ferroviária. Deu o pontapé inicial em um jogo daquele time, então no auge, que enfrentava os grandes – até o Santos de Pelé – pau a pau. Jacqueline desfilou em carro aberto, "saudada pela multidão", como se noticiou. Era tudo diferente. Nem havia segurança e ninguém tentava nada. Ela esteve na cidade uma segunda vez para participar de um festival de cinema organizado por um jovem jornalista, mais tarde publicitário, José Roberto Bueno.

Jacqueline fez filmes. Lembro-me de *Riacho de Sangue*, produção de Aurora Duarte, também atriz, revelada por Alberto Cavalcanti. No elenco havia outra mulher classuda, Gilda Medeiros, ex-miss Pará, que se tornou modelo. Jacqueline foi dirigida duas vezes pelo mais exigente diretor do cinema brasileiro da época, Walter Hugo Khouri. Em um episódio de *As cariocas* e no longa *As amorosas*.

Falava-se muito de Jacqueline, corriam atrás para saber de um romance, um caso, uma fofoca, escândalos, e nada. Era vigiada a ferro e fogo por mamãe Margaret. Quando terminava um programa na TV Excelsior, Canal 9, em vez de ir para o Gigetto, *point* de todos, em frente à emissora, na rua Nestor Pestana, Jacqueline voltava para casa, a uma quadra, na esquina da rua Augusta com a praça Roosevelt. Os jornalistas adoravam os almoços ou jantares com especialidades romenas que Margaret oferecia cada mês. Os convites eram disputados. Tudo isso entre 1960 e 1970.

Um dia, começo dos anos 1970, onde está Jacqueline? Desapareceu. Dissolveu-se no ar. Nenhuma notícia, informação, reportagem, programa. Nada. Silêncio, vazio. Virou um mistério que muitos tentaram desvendar ao longo de mais de 40 anos. Falava-se: "Foi para os Estados Unidos". "Morreu", juravam outros. "Casou-se, o marido ciumento acabou com a carreira." Certa vez me disseram que ela morava na periferia paulistana criando cachorros de raça. Não recebia ninguém, não se deixava fotografar, tinha envelhecido, estava acabada. Tudo vago, nada comprovado. As buscas foram diminuindo. Acabaram. O mito ficou.

Eis que (boa essa, eis que) ressurge Jacqueline. Viva. Nesta semana recebi um e-mail de Marcelo Duarte, jornalista, radialista, escritor, editor, que que se celebrizou em curiosidades. Ninguém sabe mais coisas curiosas do que o Marcelo. Tem vários livros, vive disso, é craque. Admiro pessoas que descobrem um nicho insólito na vida. Foi Marcelo quem me disse: "Jacqueline está viva, bem, é avó, mora nos Estados Unidos. Falo com ela de tempos em tempos, continua a pronunciar 'Arrrrarrraquarrrrra'. Já publiquei duas matérias sobre ela em meu blogue." Fui aos blogues. Com a parceria do repórter Magalhães Júnior, eles contam que a Myrna tem hoje 66 anos. Pois não é que a certinha de Lalau continua bela e faceira? Foi para os Estados Unidos filmar um seriado, apaixonou-se, casou-se, separou-se. Casou-se de novo, teve uma filha, Victoria, que lhe deu três netos. Mora em Connecticut, chama-se Jacqueline Mitler e com o genro administra uma seguradora e uma rede de lavanderias. Vi as fotos, ela tem o mesmo rosto, a mesma brejeirice (tive de usar a palavra). Ainda fala português fluente. Aliás, já falava mais cinco línguas: romeno, francês, inglês, italiano e espanhol. Não era, nunca foi a loura burra. Difícil vê-la como avó. Acontece que avôs e avós sempre são e serão seres especiais. Falta água, sobem impostos e contas, há uma crise, a política é um horror, porém Jacqueline Myrna está viva.

Elvira Pagã chocou o Brasil. Mandava cartões de Natal mostrando-se nuazinha.

Joyce Pascowitch foi durante anos a colunista mais lida da *Folha*. Ela foi sucedida por Mônica Bergamo. Joyce saiu e abriu sua própria revista que, inicialmente, chamava-se *Glamurama*, e hoje é simplesmente *Joyce*. Uma revista de formato pequeno, 16 x 23 cm, endereçada ao leitor AA, mas que também é vendida em bancas, porque fala muito de famosos, e sabemos a atração que eles exercem. Não sei se chega a Araraquara. Há uma seção constante que pode ser chamada Nostalgia, na qual fatos ou pessoas que marcaram uma época são focados. Zezé Brandão durante um tempo colaborou com *JP*, recordando alguns crimes famosos, principalmente na alta sociedade paulistana ou carioca.

O número 100 da revista é dedicado ao Rio de Janeiro, e a seção Nostalgia, assinada por Renato Fernandes, traz Elvira Pagã, uma das estrelas mais celebradas, endeusadas, mitificadas do Brasil. Entre as décadas de 1940 e 1970, ela foi o maior ícone do teatro rebolado, ou de revista, dos shows da noite carioca, da boate Night and Day, do Teatro Recreio, da televisão. Para os mais jovens, o teatro de revista era uma série de quadros humorísticos, intercalados por desfiles de mulheres seminuas, que dançavam ou desfilavam, e números musicais. Curiosamente era forte na crítica política. Esta crônica tem quase um endereço certo: aqueles que passaram dos 50 ou deixaram os 60 para trás. Num tempo em que mesmo o biquíni provocava escândalo, Elvira Pagã era pura nudez. Mostrava tudo. Era definida como "uma curva escultural, mais perfeita que a Vênus de Milo". Tempo em que as coxudas bombavam.

Elvira Pagã era símbolo de sexualidade, provocação. Incêndio puro, em um momento vitoriano, que um simples peito de fora exacerbava os jovens, levando-os à volúpia (assim se dizia), ao mesmo tempo que as ligas de moralidade atacavam, temerosas do diabo e do fogo do inferno. Elvira foi a primeira a usar um biquíni dourado no Brasil. Nos shows de Walter Pinto, que foi o maior produtor do gênero em sua época, só encenava superproduções, Elvira cobria-se de plumas que eram manejadas habilmente, deixando-a nua ou inteiramente vestida no palco. Certa vez, deixou-se fotografar inteiramente nua e mandou a foto como cartão de Natal. Surgiram poucas *sexy symbols* à sua altura depois.

No carnaval era a sensação, como são hoje as madrinhas de bateria. Enquanto agora existem dezenas, naquela época havia apenas uma, Elvira, "despudorada", como se dizia, corajosa, inclemente com nossos desejos. Batia de longe Luma de Oliveira, Viviane Araújo, Adriane Galisteu, Luiza Brunet, Rose Bombom, Renata Santos, Gracyanne Barbosa. Era uma Juliana Paes da época, com a diferença de que Juliana exibe o perfil boa moça, mãe de família, ainda que provocante. Elvira não! Botava para quebrar. Você imaginava sempre que ela estava ao seu alcance, que iria se entregar no próximo minuto. Foi a única paulista (nasceu em Itararé, interior de São Paulo; há uma estátua para ela naquela cidade?) alçada a Rainha do Carnaval Carioca.

Ela chegou a Hollywood, mas voltou. Sem modéstia, declarou: "Saí de lá e puseram a Marilyn Monroe. Ela morreu e Hollywood caiu." Teve amores mil (como se dizia) e de todos os naipes. Consta que dormiu com Tyrone Power (espécie de Brad Pitt da época, dos galãs mais lindos de Hollywood) e com Errol Flynn, bonito, cafajeste, comedor. Tanto que no fim da vida foi processado por assédio de menores (dizia-se ninfetas ou lolitas). Sabe-se de fonte limpa – e a revista *JP* confirma – que foi Elvira quem tirou a virgindade do quase adolescente Daniel Filho, esse mesmo todo-poderoso da Globo e igualmente conhecido por suas conquistas.

Veio a idade, o corpo decaiu, Elvira deixou os palcos, as telas, tornou-se religiosa. No final da vida, meio tantã (não venham me dizer que é castigo, pelo amor de Deus), caminhava por Copacabana vendendo sua biografia nos salões de beleza. Morreu em 2003, aos 83 anos, isolada de tudo e de todos por decisão própria. Ficou na lembrança de ao menos duas gerações. E quando essas gerações, inclusive a minha, se forem? Quem resgatará a memória dessa mulher que tanto nos alegrou, fantasiou, animou, excitou, provocou, mexeu com o comportamento, induziu ao pecado, nos levou ao paraíso, ainda que muitos digam que merecemos o inferno?

Viagens, pessoas grandes
que são simples e gente
que busca melhorar
este nosso Brasil

Em Berlim, os óculos de Günter Grass serviram para Juan Rulfo

Grass, Galeano. Dois escritores com G. Dois poderosos, cada um a sua maneira. Nos identificávamos mais com Galeano, estava perto, levantava nossos problemas. Mas também Grass era chegado pela relevância dos problemas que levantou, a herança do nazismo, as ideologias fortes, a nova Alemanha, a perplexidade do século XX. Há autores que nos dão prazer não somente pelas ideias que suscitam, mas pela maneira de escrever. Ao ler Galeano e Grass, tão diferentes, tão semelhantes, aprendemos e invejamos. Nos últimos dias, li depoimentos diversos, cada um tendo a sua lembrança de um ou de muitos momentos de convivência. Instantes que ficaram na memória como uma breve iluminação.

Ao contrário de Eric Nepomuceno que sempre navegou fartamente nos mares da literatura latino-americana, como ensaísta ou tradutor, sendo amigo chegado, estive com Galeano uma única vez em Rotterdam, Holanda, em um festival de cinema e literatura. Chegamos no mesmo horário, mas em voos diferentes e nos encontramos ao recolher a bagagem. Eduardo avançou em minha direção, largo sorriso, mão estendida, me abraçou. Eu, feliz. Galeano me conhecia. Ele nunca tinha me visto.

Minutos depois, Nelson Pereira dos Santos apareceu, Galeano olhou para mim, para ele, ficou confuso, Nelson foi rápido: "Este é o Loyola. Vocês já se conheciam?" Negamos os dois e rimos, ele me abraçou de novo. Depois, educado, foi assistir minha mesa, ouvir a minha fala na apresentação de *Memórias do cárcere*, o filme de Nelson Pereira, belamente adaptado de Graciliano Ramos.

Galeano comentou que a presença de Heloísa, viúva do escritor, ali em Rotterdam, tinha provocado nele estranhas emoções. Ele olhava da tela para Heloísa, tentando adivinhar sentimentos. Na tela era Gloria Pires, na sala, sentada próxima a ele, a figura real. O cinema para ele era também isso, eternizar momentos essenciais da história de um país, sem panfletarismo, sem demagogias, por meio de sentimentos. O humano dentro da história. Quase nos encontramos na recente Bienal do Livro de Brasília, a ele dedicada. Cheguei três dias depois de ele ter ido embora. Mas os imensos *banners* com suas fotos se espalhavam pelos extensos gramados.

Quanto a Grass, nos vimos três vezes. Uma delas, memorável. Deixo para o final. Nos anos 1980, Berlim realizava anualmente um gigantesco festival, o Horizonte, dedicado a um país ou a um continente. Em 1982, foi homenageada a América Latina e mais de trezentos autores, atores, dançarinos, músicos, diretores de cinema e teatro, pintores, ensaístas, fizeram da cidade um reduto onde só se ouviam português e espanhol. A abertura deveria ser feita por duas estrelas, García Márquez e Octavio Paz. Quando García

Márquez soube que Paz estaria presente, declinou, não apareceu, avisou que preferia ir caçar com Mitterrand. Ao menos era o diz que diz que do momento.

Grass juntou um grupo pequeno em sua casa, numa rua transversal ao Kudamm – então a principal avenida de Berlim Ocidental. Selecionou aqui e ali. Do Brasil éramos Darcy Ribeiro, João Ubaldo, Nélida Piñon, eu e Ute Hermanns, então aluna da Universidade Livre, especializada em cinema e literatura brasileira. Ute está hoje em Fortaleza, como leitora do DAAD. O mistério foi o encontro entre Grass e Darcy. Todos sabiam que Darcy, homem culto e viajado, não falava nenhuma outra língua. E se entendeu com o colega alemão.

Outro encontro foi na casa de Peter Schneider, escritor superconhecido, *enfant gâté* da nova literatura alemã, estrela, boa-praça, divertido. Grass estava presente, discutiam a situação dos escritores da Alemanha Oriental (RDA ou DDR) submetidos a forte censura, com a pressão constante da Stasi, a polícia política que oprimia, prendia, matava (ver o filme *A vida dos outros*, *Das Leben der Anderen*, de Florian Donnersmarck). Havia casos de escritores de renome que estavam sendo acusados de serem informantes da Stasi, o que era visto com cautela, uma vez que a própria polícia soltava boatos para destruir reputações. Grass, com voz potente, irado, vociferava. Eu, mal esboçando raras palavras, entendi pouco, Peter me levou para jantar, explicou o assunto. Disse: "Gunther sempre está à frente de tais movimentos".

A maior lembrança, cheia de ternura, aconteceu na Biblioteca Municipal (digamos assim) de Berlim durante o Horizonte, certa manhã. Corremos para conseguir lugar, as filas eram quilométricas. Nosso grupo: Ray-Güde Mertin, Berthold Zilly, Márcio de Souza, Sarita Brandt, Curt Meyer-Clason, Ute Hermanns, Carlos Azevedo, professor de literatura brasileira, Victor e Marta Klagsbrunn, o ensaísta alemão Hans Christoph Buch e Carlos Ladeira, jornalista brasileiro radicado na Alemanha. Haveria uma leitura feita por Günter Grass e Juan Rulfo, dois gigantes. Rulfo era o mexicano que, com dois livros, *O planalto em chamas* e *Pedro Páramo*, deu o norte de toda a literatura latino-americana (ou hispano-americana, como preferem alguns). Grass estava com 55 anos e Rulfo com 65. Este morreria quatro anos mais tarde. Auditório superlotado, professores, escritores, estudantes, leitores. Tiveram de colocar telões fora da sala.

Rulfo, tímido, tranquilo, deveria ler em espanhol três contos dele. Günter Grass, imponente, vozeirão de tenor, leria os mesmos contos em alemão. Poucas vezes um autor teve um leitor maior, tão competente e entusiasmado. Nenhuma outra sessão do festival teve tanto público e tantos aplausos.

A sessão começou com uma saia justa. Na hora de ler, Rulfo procurou os óculos e não os encontrou. Inquieto, olhou em torno, olhou para alguns organizadores, parecia perdido. Balbuciou ao microfone:

– Esqueci meus óculos. O que faço?

Os que entendiam espanhol riram. Os alemães riram em seguida, quando o intérprete traduziu. Günter Grass riu também, tirou os óculos e ofereceu:

– Veja se os meus servem.

Rulfo testou, servia. A leitura começou e, a cada texto, um cedia os óculos ao outro. O outro devolvia e as transferências eram aplaudidas. Momento de tanta emoção e simplicidade só tive décadas depois, na Flip, quando Amós Oz e Nadine Gordimer conversaram no palco, trocando ideias, discutindo, um dando espaço ao outro, humildes em sua grandeza. Em momentos assim, reconheço minha pequenez e me alegro com o ofício que abracei.

Em Paris, dividi o quarto com García Márquez

PARIS – Somente no terceiro dia percebi a pequena placa, à direita da porta de entrada do Hotel Trois Collèges, no 16 da Rue Cujas. Na nossa chegada, após 12 horas de voo e o táxi cortando a cidade em meio a congestionamentos provocados por blitz da polícia, por acidentes e pelo acúmulo de carros (pensam que é só em São Paulo?), chegamos esbodegados ao hotel, às seis da tarde. Banho, jantar e cama. No segundo dia, a saída foi acelerada, era o último dia de uma exposição muito comentada, Espadas, Histórias e Mitos, no Museu Cluny, que sabe tudo da Idade Média. Na volta, final da tarde, estávamos chapados por um calor que fazia os parisienses se indagarem: será o fim do mundo? O outono começará, as folhas estavam caindo sobre calçadas e parques, e o sol esturricava num céu sem uma nuvem. "Não verás Paris nenhum", pensei.

Na manhã do terceiro dia, no restaurante Balzar, na Rue des Écoles (há uma cena rodada ali no filme de Woody Allen, *Meia-noite em Paris*), esperávamos Camila, amiga de minha filha, que tinha ido buscar um vestido de noiva. Feito sob encomenda, lindo, de bom gosto, custou 1.300 euros, cerca de 5 mil reais. "Por esse preço, em São Paulo, eu nem alugava um vestido. Para mandar fazer, pediam por volta de 20 mil reais. E acham barato. Volto feliz", ela confessou.

Então, vi a plaquinha de bronze: Neste hotel, em 1957, Gabriel García Márquez, Prêmio Nobel, escreveu seu romance *Ninguém escreve ao coronel*.

Foi o terceiro livro escrito pelo colombiano e o primeiro em que ele acertou, começou a ter público. Corri perguntar ao *concierge* se ele sabia em que apartamento García Márquez tinha escrito e ele me disse que foi no 63, o mesmo que eu estava ocupando. Mas que na época era menor, tinha apenas uma cama. Passei a olhar diferente aquele cubículo em que eu estava com Márcia e Maria Rita, o único que conseguimos na alta estação, por ter feito viagem de ultimíssima hora. Um duas estrelas muito simples, simpático, limpo, pessoal afável, café da manhã servido por uma cabo-verdiana alta, a Alice. No segundo dia, ao ouvi-la falando português, me admirei:

– Então você fala português?

– Pois desde ontem estou a falar português contigo e você me responde em francês.

Na sua autobiografia, Márquez conta que estava na cidade como correspondente de um jornal, mas que o jornal fechou e ele ficou lá com um restinho de dinheiro. Passou a enviar cartas aos amigos, pedindo socorro. "Morava no sexto andar de um hotel sem elevador, e todos os dias descia para ver se havia uma carta, e nunca havia. Foi quando a história de meu avô começou a se desenhar na minha cabeça, porque este avô passou a vida esperando a carta que confirmaria o seu direito a uma pensão do governo, por ter lutado na guerra civil. Todos os dias até morrer foi ao porto esperar a carta que nunca chegou. Meu avô ia ao porto, eu descia à portaria, e nada de cartas; assim a história se escreveu."

Foi quando descobri uma segunda placa comemorativa. Andando por Paris, olhem para as paredes e as portas. São milhares de placas contando que um escritor, um cantor, uma celebridade morou ali. Ou indica o ponto em que alguém da Resistência morreu. Você vai refazendo a história. A outra placa nos conta que o escritor húngaro Miklós Radnóti, um dos mais queridos pelos seus compatriotas, morou no Trois Collèges no final dos anos 1930. Durante a guerra, foi feito prisioneiro na Iugoslávia e enviado a Auschwitz, onde morreu, aos 35 anos.

Também fiquei sabendo que o poeta Raoul Ponchon morou no hotel de 1911 a 1937, quando morreu. Um poeta que o Zé Celso, cultor de Baco, adoraria. Segundo Apollinaire, Raoul, ao cantar o vinho, as mulheres e as flores, com bom humor, foi o último dos poetas báquicos. Verlaine o amava. Bela companhia a minha. Passei a respeitar mais o Trois Collèges em sua humildade. Também, das janelas dos quartos você dá com o maciço da Sorbonne. Imagino que o nome do hotel seja em homenagem à Sorbonne, ao Collège de France, bastante próximo, e à Faculdade de Medicina.

No avião, um dos filmes foi *Meia-noite em Paris*. Na madrugada, na TV de minha poltrona, acabei vendo dublado, sabe Deus por quê. E me diverti. A certa altura, o tradutor traduziu "Left Bank" (a velhíssima Rive Gauche) como "o banco da esquerda". Desliguei, dormi. Ao menos me ficaram do filme, entre outras, as imagens de restaurantes como o Le Polidor, onde acabamos indo comer, e a galinha-d'angola é ótima; o Balzar, na Rue des Écoles, onde a Noix de Saint-Jacques é delicada e o risoto de lagosta e lagostins estupendo. Nunca deixei de passar pelas portas do Le Grand Vefour, nas colunas do Palais Royal. Há anos faço isso diante desse lugar inacessível ao meu bolso. O restaurante foi aberto em 1784 e era frequentado por Napoleão e Josefina, Danton (vá aos livros de História e leia o capítulo da Revolução Francesa), por Victor Hugo e Colette, esta esquecida hoje como escritora feminista. Mas leio o cardápio na porta e sonho. O menu mais barato custa 115 euros, ali pelos 450 reais. Por pessoa! Mas existe o Menu Plaisir pela "módica" quantia de 315 euros (vinho à parte), perto de 1.230 reais. Preciso levar um *personal gourmet* que me ensine a comer cada prato, sozinho não dou conta. Ah! Agora o Trois Collèges tem elevador. Meu modesto sonho, delírio de posteridade: será que um dia colocarão uma placa dizendo que ali reescrevi uma das incontáveis versões de meu livro *Os olhos cegos dos cavalos loucos*?

Ivanice morria de medo de avião, mas voou ao encontro dos filhos

Terminadas a pesquisa e a redação do primeiro texto sobre o Grupo Cornélio Brennand, a historiadora e pesquisadora Terezinha Melo e eu conversávamos no aeroporto do Recife, esperando o momento do embarque, quando uma mulher morena, baixa, tímida, se aproximou:

– Posso incomodar? Onde é que a gente pega o avião?

– Para onde a senhora vai?

– São Paulo.

– Que voo?

– Voo? Não sei. O que vai pra São Paulo.

No *check-in* parece que ninguém ajuda essas novas classes C e D, que viajam e zanzam desamparadas pelo saguão. Pedimos para ver o cartão de embarque, era o mesmo voo nosso. "Acompanhe a gente, vamos juntos." O olhar dela brilhou. Aliviada, sorriu. Era mulher simples, despachada. Vestida como se fosse para o domingo, cheia de colares, relógio de pulso, fitinhas. Disse se chamar Ivanice.

– Me mandaram ver a placa de embarque, mas não sei ler. Fazer o quê? Primeira vez que viajo de avião, estou com um medo danado.

– É igual a uma viagem de ônibus, disse Terezinha. Só que mais chata. No ônibus a senhora vê a paisagem, aqui só nuvens.

– Deve ser bonito.

Ivanice seguiu conosco, fomos indicando o que fazer. Achou curioso o raio X da Polícia Federal, pegou sua bolsa, perguntou: "E agora?" Quando anunciaram a organização para o embarque, formou-se uma imensa fila de prioridade. Idosos, gestantes (como eles dizem), deficientes, crianças. Olhei a fila dos "normais", mínima. Um jovem executivo passou logo à frente de todos sem a menor cerimônia. Não resisti, indaguei:

– Você é prioridade?

Ele me olhou de cima a baixo, e nesse olhar estava escrito: "quem será esse insolente?" Tirou o cartão do bolso.

– Tenho cartão Fidelidade, meu senhor, tenho o direito de entrar na frente de todos. E o senhor tem o quê?

– Além da idade, tenho uma boa educação.

A fila riu, até a funcionária da empresa aérea. Nesse rápido minuto, o atendente contou que, no dia anterior, em um avião de 200 pessoas, 180 eram prioridades.

Por uma dessas incríveis coincidências (ou não?), a poltrona de Ivanice era na mesma fila que a nossa, ela na A, junto à janela. Dentro do avião, a mulher mostrava-se inquieta. Ressabiada, como se dizia em Araraquara, mas acompanhava curiosa o movimento, as pessoas entrando, guardando bagagem, gente reclamando que alguém tinha batido com a mochila em sua cabeça. Passageiros de avião vão passando e acertando todo mundo com as mochilas nas costas. Vivemos em uma sociedade cada vez mais grosseira. Não entendo por que se atropelam no avião, se cada um tem lugar marcado, não cabe um a mais do que a lotação.

Ouvimos "portas em automático", o avião taxiou, o comandante avisou: decolagem autorizada, turbinas deram potência máxima, Ivanice nos olhou, subimos. Quando atravessamos as nuvens, ela desandou num choro convulsivo, apoiada no ombro de Terezinha, que tem mais horas de voo que muito comandante. Não adiantava consolo, nada, ainda não era possível chamar a comissária, pedir uma água. Ivani desabafou:

– Estou me lembrando do avião do Luciano Huck que caiu, aquilo não me sai da cabeça, e se o nosso cair?

Aí a senhora que estava na poltrona da frente virou-se para o companheiro:

– Por que ela foi se lembrar do Hulk? Me deu medo também!

Hulk, foi assim que ela disse, sei lá se pensando no jogador da seleção. A aeronave, como dizem os tripulantes e os alto-falantes dos aeroportos, subiu tranquila, se acomodou, Ivanice se acalmou, pediu desculpas.

– Sabe? Sou da roça. Sou de Tabocas, estou indo visitar meus filhos. Tenho seis, e três estão em São Paulo. Estes três faz muitos anos que não vejo. Sustentei todos com a roça. Agora me mandaram passagem, estavam com saudades também. Falei: "Deixa meninos, vou de ônibus". E eles disseram que não, ônibus leva três dias. Melhor de avião. Estão bem de vida, todos têm emprego. Para quem criou eles dando duro na roça, às vezes com marido, às vezes sem, fico feliz. Quanto dá até São Paulo? Três horas e quinze? Melhor, não? Depois, eu tinha curiosidade. Muita amiga minha já viajou de avião, adorou.

Na hora pensei: o que esta mulher, pé no chão, que viveu da terra, sentiu ao se ver sobre as nuvens? Sem chão? Perdida no espaço? Os "meninos", como ela diz, trabalham há anos em São Paulo. Um ou dois trabalham numa padaria.

– Não sei se conhecem, não sei o tamanho da cidade. A padaria é a São Domingos. Sabem qual é? Um filho é padeiro ali há vinte anos.

Ela não tem ideia de que os que não conhecem a padaria São Domingos, no Bixiga, das mais tradicionais da cidade, bom paulistano não é. Ou é ruim da cabeça. Veio o lanche, Ivanice aceitou o guaraná e aquele sanduichinho gelado, que as empresas aéreas oferecem. Mas ela gostou, disse que em Tabocas não tinha um igual. Estava adorando o avião, a viagem.

Olhou pela janela, até dormir. Acordou perto de São Paulo, ficou encantada com o pouso, disse que o piloto devia ser bom, não bateu em nenhum prédio. Conduzimos a corajosa Ivanice às esteiras de bagagens. Ela apanhou sua maleta e uma caixa de isopor (o que terá trazido para os filhos?) e a levamos até a saída. Logo um filho apareceu, abraçaram-se longamente. "Gostei muito. Adoro trabalhar, não tenho medo. Se encontrar alguma coisa, posso até ficar por aqui", disse ela, agradecendo a Terezinha.

Lembrei de mim, aos 21 anos, caipira desnorteado, descendo na Estação da Luz, atordoado. Nem imaginava que um dia viajaria de avião. Pobres viajavam de segunda classe nos trens. Não havia ainda ônibus.

Se nos achar dignos, a Lagoa Encantada nos dá ouro e riquezas

AQUIRAZ, CE – Vim para a segunda Festa Literária de Aquiraz, FLAQ, que esta cidade, antiga capital do Ceará, organizou e que já se inseriu no calendário cultural do Ceará. A Festa deste ano comemorou os 40 anos da publicação do meu romance *Zero* na Itália. Quem frequentou o parque Engenhoca durante uma semana viu grandes painéis sintetizando minha vidinha, desde Araraquara, *O Imparcial*, o cronista de cinema, os colegas do IEBA, aos dias de hoje.

O Engenhoca é um parque central, ali se fabricou a melhor pinga cearense, a Colonial. Mudaram a produção de lugar e a família, depois de anos, restaurou as construções, abriu um museu do açúcar e da cachaça, criou salões para convenções e palestras, um palco para shows e um bom restaurante. Muito verde, muita água e aquela brisa que sopra constante nessa época, amenizando o abafamento. A 27 quilômetros de Fortaleza, Aquiraz tem 75 mil habitantes e se estende preguiçosa, descendo ao mar, formando belas praias.

Na língua indígena, Aquiraz quer dizer "a água logo adiante". Ali se localiza o resort Beach Park, que serve, à sombra de coqueiros, patinhas de caranguejo, lagostins, casquinhas de siri e de caranguejo, peixe grelhado, queijo de coalho na brasa, cubinhos de carne de sol com macaxeira frita, tudo regado por caipiroscas de cajá ou cervejas geladíssimas. Ali você mostra sua origem perguntando: "Tem mesa?" Já o nativo indaga do garçom: "Dá para colocar uma pedra aqui?" Porque os tampos são feitos com pedras naturais da região. Boas para suportar as marteladas de quem pede caranguejo na casca e precisa abri-los com paciência.

Na FLAQ, havia as mesas, mas subitamente me chamavam para uma escola de ensino fundamental num povoado distante, o Batoque. Eu passava por cidades como Machuca, Patacas, Caponga da Bernarda, Cajueiro do Ministro, Pindoretama, Pratius, Cascavel, levado pela literatura, pelos meus personagens (não fossem eles, não estaria aqui), mergulhando em um Ceará desconhecido para mim e para a maioria dos escritores fora do Nordeste. Pela estrada, a maioria de chão ou de terra, pipocavam faixas chamando para o show do Wesley Safadão ou para a Lagosta Bronzeada. Forró puro, aqui o gênero sertanejo completamente *fake* nem existe.

No Batoque, uma escola simplérrima, alunos em polvorosa, rindo e aos gritos, contemplando um ser estranho, o escritor. Como mudou este Brasil! Crianças de cinco, seis anos, junto a adolescentes e jovens, que cantaram, disseram textos, representaram cenas baseadas no que escrevi. Os olhos claros da diretora Edna e da coordenadora Regina brilhavam mais que minha alegria. Jamais pensei que uma palavra minha pudesse chegar tão longe. Há gente lendo nas classes C, D, E, mas isso não se computa nas pesquisas. Há professoras guerreiras, anônimas. A Banda Marcial Francisco Rodrigues da Silva, da escola, ganha todos os concursos em que vai. Chega a vice, e só não é campeã porque os músicos não têm botas, como manda o regimento das bandas. Eles precisam de apenas 40 botas, cada uma custa 90 reais. O que são 3.600 reais, diante dos bilhões roubados dentro da Petrobras?

Contaram-me que séculos atrás os índios atacaram os portugueses estabelecidos em Aquiraz, que fugiram e voltaram com munição pesada, provocando um massacre de tal ordem que os indígenas (se apanhados, seriam escravizados) desapareceram, se refugiaram em locais distantes e, com medo, por séculos não admitiram que eram índios. O episódio é conhecido hoje como a "Guerra dos Bárbaros". Os índios viveram à parte mantendo cultura, hábitos, tradições. Na altura de 1980, um historiador e antropólogo, visitando a região, interessou-se pela comunidade e iniciou o trabalho de restauração da identidade daquele povo. Hoje, a aldeia dos Jenipapo-Kanindé mantém-se com orgulho indígena, tendo assimilado o conforto da "civilização".

Certa manhã, a secretária de Educação de Aquiraz, Terezinha Holanda, apanhou Márcia, Rita e eu e nos levou a sua aldeia. Porque, mesmo sendo branca, ela ali cresceu e viveu por muito tempo. Mais tarde, a Funai veio e separou brancos e índios. Mas Terezinha lembra-se de, criança, caminhar dez quilômetros para poder ir à escola, subindo dunas de areias escaldantes. Depois, completou estudos com a mãe, continuou, fez universidade, chegou a secretária.

Terezinha nos levou à dona Pequena, cacique dos Jenipapo-Kanindé. Primeira mulher do Brasil, ou melhor, primeira índia a ser investida como cacique, em "voto" de sua comunidade em 1995.

Enfrentou o machismo de outros caciques do Brasil – que se reúnem de tempos em tempos – e venceu. Forte, determinada, ela tem mil histórias, canta, dança, batalha pelos seus, faz artesanato. Os Jenipapo-Kanindé vivem de mandioca, milho, feijão, batata-doce, caju. Pescam, produzem artesanato com cipó, e as mulheres tecem rendas e fazem louça de barro. O caju tem enorme significado, dele são feitos doces e sucos, além do mocororó, bebida utilizada em festas e durante a realização do ritual do Toré, que invoca as forças do alto para suas lutas.

No pátio da escola local, a cacique regeu as crianças que dançaram o Toré, ritual de invocação dos espíritos fortes. No final, um curumim colocou em mim um colar de sementes de plantas do Encantado, destinado a me proteger. À meia-noite do dia 31 de dezembro, colocarei o colar no pescoço e com ele entrarei no novo ano para me defender de nossos políticos possuídos por espíritos maléficos. Olhando em torno, via as placas: *apyara* (banheiro dos homens), *kunha* (banheiro das mulheres), *kunhataí* (das crianças), *mboé* (sala), *nheboé* (sala de computação), *morubixaba* (sala do cacique).

A tribo vive na região da Lagoa Encantada, lugar sagrado. A lagoa e a mata ao redor são fundamentais na cosmologia e unidade do grupo. A memória dos antepassados, a "raiz do índio", "a terra do índio", "o mato", o pertencimento a uma única família são evocados continuamente. Fomos até a lagoa, que sofreu também com a seca. Dizem que no fundo dela há um navio de ouro e uma cidade. E a catedral de ouro da cidade submersa está coberta por uma duna, o Morro do Urubu. Quem leu Monteiro Lobato lembra-se de Narizinho descendo ao fundo das águas para encontrar o príncipe. Lobato conhecia os mitos cearenses?

Dona Pequena (69 anos, 16 filhos, 54 netos e 17 bisnetos) me apontou um pequeno manancial: "Beba desta água, te fará bem. Se a fonte te achar um homem digno, pode acontecer de pelas águas descerem pepitas ou mesmo uma corrente de ouro." A água era fresca e boa, mas as pepitas não vieram. A Lagoa Encantada não deve ter me achado digno. Cada dia mais me encanto com o ofício que escolhi. Ele tem me revelado o Brasil oculto.

Tenho visto e convivido com gente que pode e quer transformar o Brasil

BELÉM DO PARÁ – Ainda bem que vivi o suficiente para estar onde estive, fazer o que fiz durante uma das Feiras Pan-Amazônicas em Benevides, a 30 quilômetros da capital paraense. Estava gripado e a pressurização do avião tinha selado meus ouvidos. No entanto, esqueci tudo, tomado por uma energia louca ao entrar na unidade da Fundação de Atendimento Socioeducativo do Pará (Fasepa), liderada por Simão Bastos. Atravessei gramados brilhando ao sol. À minha frente, na quadra coberta, decorada com móveis e plantas que os socioeducandos (não se diz mais internos, e aí começam as diferenças, a reeducação) fazem com velhos pneus, textos escritos pelos jovens e reproduções gigantes das ilustrações de Alexandre Rampazzo, estavam 28 adolescentes, parte expressiva dos que cumprem medida de internação na unidade. Junto deles, pais e mães, parentes, professores. Ao fundo, larga mesa de pães, bolos e biscoitos, para os quais, naquela hora da manhã eu olhava guloso. Foi o primeiro Sarau Literário, iniciativa da Imprensa Oficial do Estado em parceria com a Secretaria de Estado da Cultura e a Fasepa, em uma unidade de ressocialização. Adrenalina geral, ansiedade, alegria, nervosismo.

Durante três semanas os jovens se debruçaram sobre meu livro, *Os olhos cegos dos cavalos loucos*, em que recuperei o circo de cavalinhos que meu avô José Maria construiu em Matão – SP, em 1910. O texto na Fasepa foi adaptado por Rita Dias e dirigido por Emiliano Picanço e pela própria Rita. Naquela quadra me revi criança, enquanto jovens cantavam e dançavam, rodando em torno de um mastro com fitas coloridas, revivendo imaginariamente o carrossel. Eram cavalos, em um momento, meninos fingindo cavalgar um no outro. Transformados pela arte, deixaram de ser meninos que cumprem medidas socioeducativas.

Naquele momento percebemos que criar é escapar, fugir de uma realidade que nos aflige. Conversei longamente com os meninos. Fala difícil, minha garganta travada pela emoção. O que me veio, ali naquele Norte tão distante, foi um amigo de infância, Zezé Crespo, abandonado, sem rumo, garoto que se desviou na vida, tornou-se ladrão, mas que chegava em minha casa e pedia ao meu pai livros infantis. Todos, menos eu, tinham medo dele. Um dia, Zezé devolveu *O Patinho Feio* e disse: "Vou ser como esse pato boboca aí. Vou ser cisne." O boboca era por conta do machismo que ele precisava ostentar, o pato o tinha emocionado. Depois, desapareceu, não lhe deram chance na vida. Esses jovens de Benevides estão tendo a chance. Tanto que a iniciativa será estendida a outras unidades, vai se multiplicar. Enquanto Brasília é essa podridão, políticos pautados pela corrupção, há gente que vem comendo o mingau pela beirada do prato. Fazendo, fazendo, querendo mudar.

Tomara *Os olhos cegos dos cavalos loucos*, os Livros Solidários e os Saraus Literários possam ajudar, junto a outras atividades, a tornar aqueles adolescentes cisnes refeitos para a vida. Abracei um por um. Houve a leitura de um conto meu, "O homem que espalhou o deserto", feito por E., que me confessou: "Para não fazer feio, li e reli durante três dias". Feliz, em sua roupa domingueira, trouxe o pai para me apresentar; o velho tinha lágrimas nos olhos. Minha visita àquela unidade fez parte do projeto Pan na Escola e Sarau do Livro, unidos ao Livro Solidário, conduzido pela jornalista Carmen Palheta, mulher de olhos iluminados. Há ali um Espaço de Leitura que aceita e pede doação. A Moderna enviou dez volumes de *Os olhos cegos*, a Global mandou *O homem que espalhou o deserto*. Os socioeducandos retiram de 25 a 30 livros e revistas todos os dias.

Fiquei horas entre aquela gente, cercado. Cada um querendo me mostrar um texto, um desenho. Inclusive, mudaram meu título para *O homem que freou o deserto*. Adorei. Para finalizar, comi pão, bolo, bolachas. Quem tinha feito? Um grupo de adolescentes que se dedica à padaria.

Isto aconteceu na 19ª Feira Pan-Amazônica que este ano homenageou Ariano Suassuna e o Japão (há uma grande comunidade no estado). A Feira, também Jornada, movimentou 18 milhões de reais em negócios, vendeu 1 milhão de livros e levou 80 mil pessoas aos estandes, palestras, cursos. Este ano, em meio à crise, o Pará viu a verba diminuída, parte dos colaboradores foram cortados, os que ficaram trabalharam triplicado, sem reclamar. E a Feira aconteceu. "Não se despreza 20 anos de tradição. Fizemos na força, na raça, na determinação e paixão, no sonho e pegando no pesado", garantiram Paulo Chaves Fernandes, secretário de Cultura, Andressa Malcher, coordenadora, Madeleine "Mady" Maklouf, Ana Catarina de Britto e Ana Luiza Barata, da Comissão Executiva. Ao mesmo tempo e tristemente, no lado oposto do país, a reitoria da Universidade Federal de Passo Fundo, Rio Grande do Sul, destituiu Tania Rösing da coordenação das Jornadas e cancelou um evento que existe (ou existia, ainda não se sabe) há 34 anos.

Belém, haja fôlego! Mais de 80 escritores, poetas, críticos, cineastas, ensaístas, teatrólogos, blogueiros, sociólogos, músicos participaram de 120 eventos incluindo palestras, exibição de filmes japoneses, conferências, debates, shows, aulas, moda, fotografia, fóruns, oficinas, teatro, internet, blogs, novas mídias. O que se possa pensar aconteceu. "Este é um país chamado Pará", escreveu o poeta paraense Ruy Barata. O orgulho gerou o desafio, trouxe a energia, a Pan-Amazônica flutuou de vento em popa. Como flutuaram e se libertaram em seu imaginário os meninos de Benevides.

Impossível ir a Belém e não falar de comidas, principalmente peixes. Há restaurantes como o Remanso, o Mangal, o Boteco das 11 janelas e outros, mas se o tempo apertar vocês podem resolver tudo indo à Estação das Docas, direto no Lá em Casa, criado por Anna Maria Martins e seu filho Paulo (falecido em 2010). A cozinha dos Martins é a maior referência em comida paraense, segundo Alex Atala. Comi ali um caranguejo refogado que me deixou descansado;

um picadinho de tambaqui sobre colchão de banana-da-terra, que me elevou; depois um silveirinha de camarão, que me fez levitar. Tudo em dias diferentes, claro, olhando o rio Guamá. Sem esquecer o pirarucu fresco com redução de tucupi e o doce de cupuaçu com queijo da Ilha de Marajó.

Iguape, um encontro de encantos

Adoro, e o povo também, lendas que envolvem místicos, santos, ermitões, milagres, mistérios. Iguape tem sua dose. Em 1647, dois índios acharam uma imagem desconhecida rolando nas ondas e a levaram para a praia, onde cavaram um buraco e a colocaram em pé com o rosto para o nascente. Ao voltar, horas depois, acharam a imagem no mesmo lugar, com o rosto virado para o poente. A notícia se espalhou e a imagem foi levada para um riacho e banhada para ser retirado o sal que se grudara a ela como uma casca. Repintada, foi entronizada na antiga Igreja de Nossa Senhora das Neves. É o Bom Jesus de Iguape.

Entrei na igreja de Bom Jesus de Iguape – o centro histórico da cidade é simplesmente encantador – e vi o aviso de que em uma ala lateral havia uma exposição de Nossas Senhoras. Aquela sucessão de imagens me transportou para a infância, quando, em Araraquara, minha mãe, Maria do Rosário, me levava para rezar diante do altar de Nossa Senhora do Rosário. Um dia, confuso com tantas Nossas Senhoras – a dos Remédios, a Imaculada Conceição, a de Aparecida, a do Carmo, a das Neves, a da Paz, a da Visitação, a das Três Espigas, a Desatadora dos Nós, e assim por diante –, perguntei à minha mãe quantas existiam. E ela: "Uma só". Todas são uma única. Não entendi. E as ladainhas, então? Virgem Poderosa, Virgem Benigna, Vulnerável, Espiritual, Casa do Povo, Arca da Aliança, Porta do Céu, Estrela da Manhã, Rainha dos Mártires, e assim por diante.

Cada povo dá um nome de acordo com sua fé. Foi dona Angelina, mãe do Zé Celso Martinez Corrêa, esse mesmo do Teatro Oficina, que um dia me disse haver nada menos de 1.100 designações diferentes para Nossa Senhora. Confesso que não entendi, mas era melhor ter muitas para pedir ajuda a várias e ao menos uma delas se lembrar de mim. Depois, esqueci.

Naquele momento, em Iguape, uma hora antes de subir ao palco do Terceiro FLI, Festival Literário de Iguape, caminhando entre tantas imagens feitas por um artista local, voltou um instante de minha vida em que eu tinha fé. Acreditava em futuro, mudanças no país, transformações na política, revoluções na sociedade, na arte. Naquele pequeno palco, diante de uma plateia que oscilou cada noite entre trezentas e quatrocentas pessoas, debaixo de uma tenda que parecia uma concha acolhedora, falaram Veronica Stigger e seu sorriso rasgado, contando experiências do ofício e interagindo com o público; Milton Hatoum fascinou revelando Graciliano Ramos em sua vida; Evandro Affonso Ferreira destilou cultura, rancor, ironia, humor, farpas, um personagem necessário, linha Plínio Marcos do século XXI; André Vianco trouxe sua paixão pelo fantástico; Frederico Barbosa destrinchou Gregório de

Matos; Eduardo Bueno, conhecido pelos amigos como Peninha, terror dos historiadores com seu humor, deboche, desmitificação da história do Brasil, avaliou o célebre Bacharel de Cananeia; Rita Gullo cantou as histórias-memórias de meu livro *Solidão no fundo da agulha*; Jean Garfunkel trouxe poemas e canções; e Luiz Melodia fechou o FLI no sábado.

Mas houve também oficinas com Liana Yuri, Antonio Lara, Julio Costa e Fernando Guiginski, Marco Aurélio Olímpio, a Banda Santa Cecília de Iguape, seguida por três palhaços e, finalmente, Fernando Nogueira, ensinando a culinária no Vale do Ribeira. Programa enxuto, montado pela Poiesis, curtido por uma plateia que veio também de Ilha Comprida, Registro, Cananeia. Para mim, São Francisco Xavier, Pirenópolis, Votuporanga e Iguape conseguiram uma fórmula ideal em tempos de recessão, quando o último setor contemplado é a cultura (temos ministro?). A literatura e suas feiras me lembram aqueles cristãos do tempo dos Césares que se reuniam em grutas, cavernas, catacumbas para exercer sua fé. De cidade em cidade, variando as falas, as contações de histórias, as comidas, as muitas linguagens que abrigamos sob uma língua única, esses escritores, músicos, teatrólogos, ensaístas, jornalistas, historiadores, poetas, os mais diferentes, caminham subterraneamente, formando leitores, defendendo a língua portuguesa dos códigos do Twitter, das linguagens cifradas do SMS, dos grafites, das letras de funk, das hashtags, dos Michel Teló.

Contam os que muito frequentam essas feiras, bienais, jornadas que a hora do café da manhã no hotel, entre participantes, é especial. Há inclusive um autor famoso que ao se sentar pergunta: "E de fulano? Todos gostam?" Se gostam, muda-se o nome. Quando todos afirmam odiar, o autor propõe: "Pois é dele que vamos falar mal". E vem pau!

Tarde mágica na Feira de Ribeirão Preto

De repente, aquele homem alto, forte, cabelos grisalhos, sorriso amigável me assustou, quando subiu ao palco em dois saltos e veio me abraçar. Sussurrou em espanhol, mesclado ao francês. "Trago a saudade de Berlim para você, este é o abraço da cidade que, sei, você ama." Afastei-me um pouco e, nesse momento, três décadas se escoaram e me vi com Hans Christoph Buch[2] em Berlim, nos anos 1980. Ele me foi apresentado pelo Peter Schneider, então *enfant gâté* da jovem literatura alemã, da geração de escritores que mudava os rumos de um país em ebulição, levantando temas como o muro, o nazismo, turcos, gays, minorias de todo tipo, partido verde.

Hans, que se denomina escritor viajante, correu o mundo e ainda corre. Dele disse o poeta e ensaísta Hans Magnus Enzensberger: "Quando Hans não está viajando, vive em Berlim". Viveu e trabalhou na África, no Haiti, em Cuba, na América do Sul, foi professor visitante

---

[2] Homem do mundo, filho do diplomata Friedrich Buch, Hans Christoph tem sangue haitiano nas veias. Entre suas quase cinquenta obras, destaco: *Bla-bla-bla!*, Berlim, 1967; *Das große Abenteuer*, Munique, 1970; *Aus der Neuen Welt*, Berlim, 1975; *Haïti Chérie*, Frankfurt, 1990; *Tropische Früchte*, Frankfurt, 1993; *Black and blue*, Frankfurt, 1995; *James Bond oder: Der Kleinbürger in Waffen; In Kafkas Schloß*, Berlim, 1998; *Kain und Abel in Afrika*, Berlim, 2001; *Monrovia, mon amour*, Berlim, 2002; *Tod in Habana*, Frankfurt, 2007.

em Nova York, em San Diego, Austin, Hong Kong, Buenos Aires. Hans e Schneider são dois de meus melhores amigos desde aquele período em que vivi na cidade e descobri lugares que poucos conhecem. Frequentávamos bares, restaurantes, cabarés, leituras, parques. Eles me abriram e me fizeram amar a cidade.

Ao longo desse tempo todo, nos vimos esporadicamente, sempre encontros fraternos. Mas fazia vinte anos que me distanciara de Hans Christoph, bom conversador, bem-humorado, irônico. Daí o sortilégio da tarde de domingo passado, em Ribeirão. Nada surpreendente ele estar ali, porém muito bom para o status da Feira, cada vez maior, mais envolvente. Eu tinha acabado de fazer uma conversa sobre o livro *Solidão no fundo da agulha*, ao lado de minha filha Rita Gullo. Foi na sala principal do Teatro Pedro II, e nos alegramos todos. Literatura é acima de tudo prazer. Rita cantava, eu falava. Domingo, praticamente horário de almoço, o jogo Brasil x França estava para começar, e ninguém se importava. Na sala ao lado, falava Affonso Romano de Sant'Anna, casa lotada.

Assim tem sido a Feira Nacional do Livro de Ribeirão Preto, que chegou a sua 13ª edição em ritmo alucinante. Essa feira é a 13ª número de bom agouro, ao contrário do que se diz. Moro em um 13º andar e sou feliz. Tive sorte de fazer um ginásio e científico com 13 matérias, todas eliminatórias. Aos 13 anos ganhei *Alice no País das Maravilhas*, e minha cabeça mudou. A fantasia e o delírio é que mandam, decidi. Estive cinco vezes nessa feira. Ela cresceu, explodiu. Não coube mais no espaço central a que estava confinada. Abraçou a cidade. Afirmo tranquilo: está entre as cinco melhores do Brasil.

As Bienais de São Paulo e do Rio de Janeiro são nada perto dela, pela programação, pela aproximação com o povo. Ela é grátis, não existe o princípio odioso de se pagar para ver livros num espaço fechado e barulhento. É uma feira rodeada pelo orgulho e carinho da cidade. Você precisa apanhar o programa e decidir o que ver e executar uma logística apertada. Os estandes de livros ainda ocupam a praça em frente ao teatro, mas agora também estenderam ao parque Maurilio Biagi, além de ocupar os Estúdios Kaiser – lugar histórico –, do empresário Edgar Castro, que realiza um trabalho voluntário ao lado de Heliana (com H, ela sempre me alerta) da Silva Palocci e da presidente Isabel de Farias. Imaginem que a presidente entrou pacientemente na fila de autógrafos, ela que tinha todo o direito de furá-la, porque é das pessoas mais solicitadas. Sem esquecer a incansável Laura Abbad, que fica por trás, convidando, coordenando, correndo, se desesperando, se alegrando, brigando.

A Feira de Ribeirão já faz parte do calendário da cultura nacional. Por que outras cidades não a imitam, não buscam o *know-how*, em lugar de ficarem promovendo "seminariozinhos" sobre formação do leitor com discussões acadêmicas e estéreis? Foram mais de trezentos eventos que partiram da aula-espetáculo de Ariano Suassuna aos shows de Gilberto Gil, Veronica Ferriani, Diogo Nogueira, Hélio Ziskind (a criançada cantou e dançou com ele), Larissa Baq, às falas de Thiago de Mello, Menalton Braff, Pedro Bandeira, José Luiz Tejon, Tania Zagury, Luis Felipe Pondé, Humberto Werneck, Frei Beto, Viviane Mosé, Zuenir Ventura, Audálio Dantas, Jairo Bouer, Ricardo Kotscho, Rubem Alves, Flávio Gikovate, Gilberto Dimenstein e dezenas de outros de bom quilate. Mais os cafés filosóficos, os salões de ideias, as oficinas criativas, as mesas de debates e o amplo espaço aberto aos escritores locais. E, claro, Christoph Buch, que fez uma fala emocionante sobre identidade e não identidade.

Ao voltar, quando o avião sobrevoava Ribeirão, me vi na adolescência em minha cidade, distante apenas 90 quilômetros, quando se perguntava: "E isto?" Um livro, um disco, um produto, um alimento, um tecido, um sapato, um perfume, fosse o que fosse. A resposta era: "Tem em Ribeirão, vamos lá". Era uma capital do interior. Refiz a pergunta hoje que pode vir de qualquer cidade paulista ou brasileira: "E feira de livro?" É a de Ribeirão. Não me queiram mal as outras cidades.

Felicidade pode ser um bolo de fubá no fim da tarde

A escola tem um nome misterioso, mas isso deixo para depois. Todo o entorno tem significado para mim. Quando aqui vivi, era longe, eu morava no Carmo. A EE João Manoel do Amaral fica numa esquina da Vila Ferroviária, onde moravam os funcionários da estrada de ferro, amigos, colegas de trabalho e parentes de meu pai. De um lado estão o estádio (que hoje a Fifa obriga a chamar de Arena) e a piscina, onde aprendi a nadar. As tardes eram passadas na piscina, até que o sol começasse a cair, e voltávamos de bicicleta, de ônibus ou a pé, a tempo de pegar a primeira sessão do cinema. Não havia pressa. O tempo era nosso, o futuro também. Ainda não existia o Gigantão, um belo ginásio de esportes, projeto do arquiteto Gadelha, mas vínhamos passear na Fonte Luminosa, uma atração. Podia-se convidar alguma jovem para passear na Fonte, à noite, mas ela desconfiava. A Bento de Abreu era apenas uma avenida de casas chiques, uma delas do doutor Nicolino Lia, com suas filhas Maria Inez e Marisa, sedutoras, e os filhos Lelo e Nicolininho (hoje não tão Nicolininho assim).

Por essas razões, tudo aqui me pertenceu, como pertence hoje a essas crianças. O sol, a atmosfera abafada, o cheiro de terra, mato, certas flores, o apito de um trem solitário, levando carga, não mais passageiros. Tudo isso era meu. Daqui saí, aqui voltei. Pensei: "E é agora destes jovens. Quais voltarão um dia para falar de sua vida, do que fez, da carreira que seguiu, qualquer que seja, para contar sua experiência de vida e o ciclo se reiniciar?"

Entrar nesta escola João Manoel do Amaral foi me reencontrar. O cheiro dos corredores, o cheiro de escola, porque elas têm um, próprio, inconfundível. Ou eu trouxe o cheiro que sempre levei dentro de mim e que reativo para não me perder? O mistério, disse minha interlocutora, a professora Regiane Cabrio, que me fez o convite, é que nunca descobrimos quem foi esse João Manoel do Amaral. Não há pistas. Regiane e os professores me lembraram por meses: "Venha! Te esperamos. Todos nós professores e alunos, que pesquisamos em torno de sua vida, sua obra, procurando entender seus textos." Pensei: "Será que foram à casa onde nasci?" "Venha!", chamaram os professores. "Os estudantes querem saber como é um escritor, por que faz o que faz, de onde saem os personagens, situações, fantasias, quais são suas alegrias, dores, angústias. O que é para você felicidade."

Os alunos (350, me disseram) voaram das classes, rumo à quadra, cada um com sua cadeira, gritando, pulando, conversando fazendo barulho. Excitação e barulho que vivi e provoquei quando tive a idade deles. Tensão e prazer que ainda sinto nesta idade. Atravessei corredores decorados com centenas de desenhos inspirados por contos meus, por pessoas que imaginei (ou tirei da realidade) e fui me impregnando da atmosfera que criei e eles recriaram, me reinventando sob o olhar destes professores que me observavam também, curiosos, na expectativa.

Não foi a plateia à qual estou acostumado. Solto-me fácil diante de adultos. No entanto, eu estava na frente de crianças, pré-adolescentes e adolescentes, e o quase urro com que me receberam, de alegria, festa, prazer, me deixou inquieto. Então, descobri, a fala é uma só. Coloquei-me entre eles, transformei-me em todos eles e disse: "Vou contar como saí e aqui voltei, falar das professoras que me fizeram, Lourdes Prado, Ruth Segnini, Ulisses Ribeiro, Machadinho, Jurandyr, dona Cidinha Valério e outros". Assim contei como brinquei na rua e no rio, li gibis, livros de aventuras, do Tarzan, dos piratas, do Flash Gordon, como me apaixonei por cinema, como ao ler me diverti, sonhei e sonho. Lendo e escrevendo me transformei no que sou, um sujeito de bem com a vida, cheio de projetos. Um não rico, que escreveu 43 livros e isso vale mais do que uma conta no banco. Publiquei mais de 10 mil páginas.

Aqueles alunos encenaram adaptações de histórias minhas. Prazerosos e ansiosos. Disse a eles que quanto mais nervosos ficassem, melhor fariam. Fizeram. Então, alunos acostumados ao funk e aos ritmos de hoje dançaram um lento bolero, "Quizás, quizás, quizás", aquele que na minha juventude era fácil, dois passos para lá, dois para cá. Os pares, notei, mantiveram-se distanciados um do outro, a gente agarrava mais.

Contei a vida de um escritor, de onde saem algumas histórias, das fantasias e delírios. Vale tudo. Disse que minha carreira foi determinação e sonhos. Sem sonhos, qual a graça? A vida esvazia. Na plateia, em cada mão, um celular. Havia quem fotografava quem gravava. Só quem falou para um grupo do ensino médio, entre os 9 e os 14 anos, sabe a batalha que é conseguir silêncio. Pois essa meninada da João Manoel do Amaral estava quieta. Talvez a minha "cara brava" tenha ajudado a manter a ordem. No final, três momentos de emoção. Um, a fila das perguntas. Eles chegavam, um a um, e perguntavam baixinho. Dois, as professoras, sabendo que matemática sempre foi minha guerra pessoal (e minha derrota), me trouxeram os dois melhores alunos de matemática da escola. Revivi as aulas de Ulisses Ribeiro.

Três, tudo terminado, sentei-me no refeitório e as *chefs* Margarete e Rose depositaram à minha frente poéticas criações. Dois perfumados bolos de fubá, feitos com engenho e arte, ansiosos por serem devorados. Este foi meu cachê. Poucos sabem a delícia. Agora, fico matutando: quem foi esse João Manoel do Amaral? Também sei, felicidade é comer bolo de fubá com café, é trazer dentro de mim aquele grito com que fui recebido na quadra e que sacudiu a vila.

Ó só o que pode minhas flor, hôme!

Tempos de livros de culinária. Há de tudo para todos. Leio esses livros como se fossem romances. Eles excitam minha imaginação e fantasia e aguçam meu paladar, preparando-o para pratos incríveis. Muitos deles jamais comerei. Outros estão ao alcance das mãos e da boca, uma vez que na sua simplicidade são sofisticados. Sobre minha mesa em São Paulo há um volume de capa grossa, elegante, título gostoso, *Pratos & prosas*. A capa, na cor laranja-escuro, ostenta apenas a frágil figura de um sabiá. Produzido em São Paulo, Rio, em Paris, Nova York? Não, em Araraquara. Pode figurar em qualquer vitrine de livrarias como a Cultura, a da Vila, a Martins Fontes (São Paulo), a Travessa (Rio).

Silvani, uma das líderes do Assentamento Bela Vista do Chibarro, me enviou em primeira mão. Há duas semanas venho me deliciando, porque ora regresso à infância, ora estou na casa de minha avó, ou então em Vera Cruz, onde tios tinham fazendas, Marília, Lins, e assim por diante. Aqui está uma cozinha brasileiríssima. Um livro que compete com os de Caloca Fernandes, especialista em cozinha brasileira e portuguesa e tudo o mais. Organizado pelo Pé Vermelho e Bando Novo (dentro vocês descobrem o que são), *Pratos & prosas* restaura intensa pesquisa feita com as mulheres do Assentamento, do qual fui padrinho quando da pintura das casas.

Essas mulheres, diz a apresentação do livro, "recebem o leitor na cozinha de suas casas e contam suas trajetórias, causos, lutas e, principalmente, as receitas". Assim vamos do café de coador ao chá de erva-doce, calmante; ao chá de fumo que corta desarranjo; o chá de capim-amargoso, para dor forte no peito. Essas casas têm no quintal alecrim, guaco, erva de santa-maria, erva-cidreira, quebra-pedra (para pedra no rim), tem gengibre para a garganta, e ainda o neen, que é cicatrizante, espanta insetos, mata verme, desinfeta machucado, é para diabetes, malária, sarna. O neen é chamado de a árvore da vida. Nos terrenos ainda se acham manjericão, alho, agrião, imburana. As mulheres faziam seus chás, suas tisanas e preparados, usando o que tinham plantado ou havia nativo na terra. Delas é a frase para os maridos: "Ó só o que pode minhas flor, hôme!" E curavam.

Isso é para começar. Quando começamos a penetrar no livro não dá mais para interromper. É seguir em frente. Os causos correm como o da Casa Branca da Serra, o dos tatus que caçavam galinhas e guardavam embaixo da terra para comer depois, os brinquedos nas furnas das roças, as bonecas feitas com espiga de milho, as curas de dor de ouvido com alho e óleo quente, as banhas de porco guardadas em latas, a construção dos fornos, os jovens que calçavam sapatos aos 15 anos, colocando o pé direito no esquerdo e o esquerdo no direito e achavam que era assim mesmo, sapato causava dor.

E o problema de criança que nunca pisou na terra e não ganha anticorpos? E os bailes, as festas, as quengas, as pingas, as sanfonas e violões. E a vida dura, quando se aprende "a sorrir em face de choro e a chorar em expressão de riso".

Cornélio Pires, Mário de Andrade e Antonio Candido adorariam ler este livro. Deveria ser enviado ao Candido, hoje com 96 anos, pelas ligações que ele tem com Araraquara e por ser o autor do clássico *Os parceiros do Rio Bonito*. E, nesse curto texto, impossível não falar da feitura dos pratos e das receitas que este livro contém: torresmo pururuca, pão de ló, beliscão de goiabada, bolo de fubá com coalhada, frango com quirera, farofa de feijão-de-corda, quibebe com carne-seca, empacotado de frango caipira, costela de fogo de chão, carne de panela com legumes, sopa de banana-verde, costelinha de porco com mamão verde, sopa paraguaia, curau, gelatina de pinga, geleia de amora, paçoca, pamonha doce, pudim de pão, pé de moleque, bolacha mantecal, ambrosia, rabanada.

Não, não pensem que a grande cozinha está nos livros de Escoffier, de Anthony Bourdain, de Charlô, de Alex Atala. Está em livros simples e deliciosos como este, principalmente para quem nasceu, viveu e curte uma vida que ainda existe.

Inhotim, lugar remoto que existe dentro de mim, onde às vezes me perco

Indispensável. Não, não é essa a palavra. Há outra. Será além da imaginação, como aquela série fantástica de televisão do Rod Serling? Vou encontrar o termo. Quando saí daquele território único continuei por horas com aqueles sons que vieram do interior da Terra. Tinha visto tanto, achei que não haveria nada que pudesse superar as imagens que estavam na cabeça, quando no alto de uma colina entrei num espaço circular envidraçado onde o silêncio era absoluto. Caminhar na ponta dos pés, não conversar, proibido tirar fotos, não pela foto em si, mas para que o clic não ultrajasse a atmosfera, sequer mascar chicletes. Então, por alto-falantes invisíveis, os sons chegaram até nós.

Vieram lá de baixo por um estreito túnel de 20 centímetros de diâmetro cavado na terra; vieram de 202 metros de profundidade, onde estavam microfones ultrassensíveis. Chegavam abafados, mais fortes, intensos. Ora, parecia um riacho murmurante. Ouvi (imaginei?) vozes abafadas, estalidos, vibrações, rumores, um borbulhar suave, cicios, sussurros, sopros, cochichos, sussurros, estrondos, ressonâncias, ventos. Quem se lembra do vento nas escavações do metrô corroendo afrescos milenares nas paredes no filme *Roma*, de Fellini? Foi um vento como aquele que ouvi. Difícil distinguir. Mistérios do fundo da terra, Júlio Verne, talvez Kubrick, ou o buraco por onde Alice mergulhou atrás do coelho. Pense o que quiser. Também me lembraram os buracos absolutamente redondos que os poceiros cavavam nos quintais de minha infância araraquarense. Gritávamos neles e o eco nos devolvia nossa voz. Quatro dias depois ainda tenho na cabeça os sons que o americano Doug Aitken traz à tona em seu "Sonic Pavilion", no Inhotim. Se arte é aquilo que fica impregnado em nós, então "Sonic Pavilion", para mim, é arte. Mexe, evoca, provoca. Ah, talvez Rodrigo Naves, crítico e historiador de arte, poeta e cronista, discorde de mim. Ou concorde, o que seria maravilhoso.

Memorável será a palavra? Ainda não, mesmo que o seja Inhotim, o parque mais fascinante do Brasil. Uma experiência necessária. Ou vivência. Ainda que seja breve como a minha, como a do grupo que a Fiat levou para uma visita. Pessoas de bom convívio e boas cabeças como Marina Colasanti, Marta Góes, Affonso Romano de Sant'Anna, Humberto Werneck (contador de histórias permanente, cada conversa é uma crônica), Nirlando Beirão, Juliana (seu site "Radar 55" é ótimo) e Maria Julia Pinheiro Mota, Paulo Giovanni, CEO da Leo Burnett, e Cristina. Fomos conduzidos por Marco Lage, Cristina e ainda Raquel, Rogério Faria Tavares, Simone Santos e Rubia Alvarenga, da Fiat, uma das parceiras de Inhotim, que nos levou para uma vivência breve, como disse, porém exuberante, imprescindível. Indelével. Encontrei a palavra? Ainda não.

Descemos em Belo Horizonte e direto seguimos para a Estalagem do Mirante, distrito de Brumadinho. À nossa frente, montanhas recobertas por nuvens me fizeram lembrar o conto de Hemingway "As neves do Kilimanjaro". O jantar no La Victoria começou com lulas fritas em aioli de alcaparra, involtini de berinjela, provoleta de orégano e costelinha de porco, fechando com filés de badejo ao mel e soja com manteiga de gengibre, nhoque de batatas com ragu de ossobuco e filé mignon ao molho de cogumelos frescos e porcini. Preparávamos o estômago para desembarcar em Inhotim, na manhã seguinte.

Assim como para finalizar o encontro, dois dias depois, fomos para a Casa de Abrahão, quase escondida, mas deliciosa, principalmente porque o Abrahão prepara tudo à nossa frente. Quando organizava o grupo, Rogério Tavares lembrou-se de que, certa vez, no aniversário de seu casamento, buscava um lugar diferente para jantar com a esposa. Leu na internet que "no meio do nada, no município de Brumadinho, entre a entrada para o Topo do Mundo e o Condomínio Retiro do Chalé, há um lugar muito diferente, a Casa de Abrahão. Surpreendente desde a decoração que reúne uma coleção de objetos da vida dos proprietários e de viagens ao Oriente, com uma sala contendo 'nichos' onde casais ou amigos podem desfrutar de privacidade diferenciada, até ambientes abertos, como o da varanda com uma fonte central sustentada por três carneiros esculpidos em pedra ou o pátio das flores, para quem quer esquecer o passar do tempo. Abrahão é atração à parte pois é ele mesmo quem prepara na hora uma das especialidades da casa, o Markuk, um tipo de pão árabe, pedida obrigatória!"

Para mim foi o lugar perfeito para encerrar o dia, que tinha começado no Inhotim. O parque, ou o museu, ou o recanto das delícias, ou um universo paralelo dentro de Minas Gerais, dentro do Brasil. Um museu ao ar livre. Caminhei e deparei com muros coloridos ao ar livre, são a "Invenção da cor", de Hélio Oiticica, ao lado do qual um grupo de circenses preparava-se para uma apresentação. Caminhei. Penetrei no espaço que abriga Adriana Varejão com o seu "Cecalanto provoca Maremoto" (anos atrás foi um célebre e enigmático grafite nos muros do Brasil). Diante de um lago azul, reside (acho melhor dizer assim, ele foi um dos incentivadores de Bernardo Paz, que criou tudo isso) Tunga. Ele está em vários pavilhões e as exposições se sucedem.

Passei duas vezes pelo espaço Miguel Rio Branco. Com impressionantes fotos e vídeos – "Tubarões de seda", "Diálogos com Amaú" e "Arco do Triunfo". Arquitetos deliram com o prédio, um caixote de aço que a ferrugem vai colorindo por fora (é o propósito), tornando o ferro em terra. Circulei a pé ou nos carrinhos especiais, rodeado pelo arvoredo, plantas, todo tipo de plantas, há 4.500 espécies e trechos da Mata Atlântica.

Passei pelo "Beam Drop", de Chris Burden, 71 vigas de aço de 45 metros cada, enterradas no concreto. Assombrei-me com o "De lama lâmina", de Matthew Barney, redoma que abriga imenso veículo agarrando uma árvore (se eu tivesse visto antes, teria usado para capa do meu romance *Não verás país nenhum*), refletido em um milhão de imagens no teto geodésico. Sentei-me numa cadeira ouvindo os corais que me chegaram vindos de quarenta alto-falantes, misturando, ao menos me pareceu, cânticos ingleses medievais, cânticos religiosos russos, cantos gregorianos, obra de George Miller e Janet Cardiff. Eu ali ficaria, ficaria, aquilo me transportava para um lugar remoto que existe dentro de mim, onde me refugio, às vezes, e ali me perco.

Atravessei alamedas sombreadas ou ensolaradas. Contaram-me que Burle Marx foi um dos iniciadores deste parque que se espalha por 45 hectares. Há restaurantes de primeira, como o Tamboril e o Hélio Oiticica, elegantes, cardápios apurados; há o bar Ganso, uma galeria de arte; há lanchonetes; pizzarias e o Café do Teatro. O parque emprega 1.400 pessoas, sendo 80% moradores de Brumadinho. A cidade vem mudando desde que Inhotim foi aberto.

Um dia é pouco aqui. A palavra será indescritível? Daí, na exiguidade desta crônica, a impossibilidade de refletir o encantamento. Degustar, voltar, se deixar possuir. É isso, você precisa. Deixar se possuir pelo Inhotim. Que provoca a vontade de voltar. Entregue-se a essa obra utópica de Bernardo Paz, empresário, minerador, imerso na arte contemporânea, que um dia, depois de atribulações e um AVC, decidiu viver, ser feliz e empregar dinheiro em sonho. Para também fazer os outros sonharem com a arte, o lúdico, o polêmico, a beleza, o questionamento, a adesão ou a recusa, nunca a impassibilidade. Em Inhotim nos apaixonamos, nos interrogamos.

Não duvide,
tudo pode
acontecer em
São Paulo

O que fazer sem listas telefônicas?

A pergunta é frequente:
– Você tem meu número?
– Claro, é o mesmo?
– Não, acho que você tem o fixo. Desativei. O novo é o celular.
– Não tenho.

Anotei. Venho ao longo dos últimos anos (não tão longos) anotando os celulares de amigos, conhecidos, professores, leitores, tudo. Enchi um caderno. Como sou desorganizado, não anotei pela ordem alfabética nas agendas de papel. Nem anotei na agenda do próprio celular. Aliás, o meu é tão de quinta que nem deve ter agenda. Reclamam de mim: "Não tem WhatsApp? Não tem aplicativos para táxi, comida *delivery*, garotas de programa, novenas da igreja? Não tem Facebook nem Linkedin?" Falo e ouço, me basta. Saibam, meu celular, mal e mal, tem um reloginho que me dá as horas, porém as horas posso ver nos relógios dos bares, dos bancos. Antes, via nas torres das igrejas, mas aqui só sei que o do Carmo funciona, a Matriz não tem. Ah, tem o do Lupo!

A questão do celular é séria. Porque acabaram as listas telefônicas. Antigamente você localizava o nome da pessoa e ali estava o número. Ou apanhava a de endereços, isso se soubesse o telefone do fulano de tal. Agora, descobrir o telefone de alguém faz parte de um processo investigativo.

– Quem pode ter? Fulano.

Ligamos para fulano, que nos diz que quem sabe é cicrano. Mas cicrano nega e nos remete ao fulano 2, que nos passa a um terceiro, deste para outro, do outro para alguém e assim por diante. Às vezes, descobrimos o que precisamos. Muitas vezes, não. Ou, quando descobrirmos, o número não é mais daquele sujeito. O que acontece? O aparelho foi roubado, esquecido, jogado fora? Se for alguém razoavelmente conhecido, esqueça. Você enfrenta o assessor do assessor do assessor do assessor do assessor, e você sabe que assessores são piores do que chefes de gabinete? Intransponíveis.

Teve caso em que liguei para Porto Alegre para descobrir um telefone. Foram inúmeros os interurbanos para chegar ao objetivo. Um rodear, rodear sem fim. Onde vamos chegar? Qual a solução? Ou não há, não interessa? Listas devoravam muito papel? Mas e uma agenda digital? Há coisas e coisas sumindo de nossas vidas: máquinas de escrever, papel-carbono, corretores de texto, mata-borrão, guias de ruas (o GPS domina tudo), as agendas de nome em papel, educação, gentileza, com licença, por favor, muito obrigado, o quê, por favor, a senhora primeiro, ou o senhor, respeitar o lugar na fila, pessoas que se sentam ao restaurante e tiram o chapéu. Não o boné. Nada mais feio, indelicado do que comer de cabeça coberta. Ou sou antiquado?

Desapareceram as listas. Como vamos fazer para as crianças se sentarem à mesa, sendo que ainda são pequenas? Como os atletas vão mostrar os músculos, rasgando listas? E aquela aposta: quem perder, come uma lista telefônica? Quem perde vai ter de engolir um celular? E aquela cena de filme com o personagem entrando na cabine telefônica e procurando ansiosamente um número que levará à descoberta do crime? E os catadores de papel que faziam um dinheirinho com as listas recolhidas nos prédios no início do ano?

Os homens se vão sem nunca dizer adeus

Cara amiga Cibele,

Minhas três últimas cartas podem não ter tido muita graça, estava vazio, entediado, nem saía de casa. Porém, domingo, sete da noite, entrei no Balcão, vi que meu lugar predileto estava vazio. Lembra-se do bar? O Balcão tem uma forma de ferradura e as pessoas sentam-se dos dois lados, isto é, dentro e fora. De maneira que se você está com alguém, senta-se de frente para ela (ou ele). Fomos poucas vezes ali, você implicava, achava que eu estava sempre tentando comer alguém. Aquelas neuras suas.

Muitos anos atrás, no bar, sentava-se apenas do lado de fora, como qualquer lugar normal. Porém, em uma noite que estava superlotado, um cliente carregou a banqueta para dentro e ficou de frente para a namorada. Rapidamente copiado, outros que esperavam lugar fizeram o mesmo. Ficaram de pé, não havia banquetas para todos. No dia seguinte, os donos, Ticha e Chico Milan, tinham providenciado banquetas, nunca mais a cena mudou.

Sentei-me. Meu lugar sempre foi o primeiro, no que seria o pé da ferradura. Junto à ponta, onde fica o estreito corredor para a passagem dos garçons. Pedi caipirosca de lichia. Nunca tinha bebido, até o dia em que vi duas mulheres morenas, lindíssimas, muito parecidas, sorrisos esplendorosos, como defini. Um garçom me informou que eram mãe e filha. A jovem, cantora, a mãe, arquiteta. Pareciam irmãs. Eu me interessei pela mãe, quis saber mais, porém o garçom calou-se, cioso da privacidade de suas clientes.

Quis saber o que tomavam, era caipirosca de lichia. Vodka Absolut e lichias, delícia. Toma uma, duas, três e não se levanta do lugar.

Então, vi entrar uma mulher alta, jeito de modelo, um menear nervoso de cabeça. Ela olhou em torno e mesmo com o Balcão semivazio, era início da noite de domingo, sentou-se à minha frente. Podia ter sentado onde quisesse, mas veio para perto de mim. Indagou:

– Está esperando alguém?

– Não.

– Então não incomodo?

– Por que haveria de?

– Como você disse?

– Por que haveria de?

– Engraçado esse teu modo de falar. Parece que não termina a frase.

A caipirosca chegou, ela quis saber do que era. Lichia, ele respondeu, lacônico. A jovem era interessante, bonita, lembrava a atriz Gloria Pires. Ela pediu uma igual.

– Você é casado?

– Não preciso responder a essa pergunta. Minha vida é minha vida.

– Você mexe com quê?

117

– Como?

– Mexe com quê? O que faz?

– Você é mineira? Do estado de Minas Gerais?

– Sou, como adivinhou?

– Por causa da pergunta. Mexe com quê. Mineiro que fala assim. O que faço? Vendo seringas.

– Seringa de injeção?

– Sim.

– Que profissão mais engraçada. Tenho horror a injeções, quando preciso tomar alguma, desmaio. Desmaio mesmo. Caio dura. Dá para viver disso?

– Me viro bem.

Ela tomou um gole, dois, em silêncio, parecia acabrunhada. Perguntei:

– Você está bem?

– De baixo-astral, vim encher a cara. Meu noivo me largou. Desapareceu, não telefonou, não deu notícias, não mandou e-mail, nem telegrama, nem WhatsApp.

– Tinham brigado?

– Usei uma calcinha vermelha, ele odiou, disse que ia comprar...

– Cigarro, e não voltou.

– Não. Ia buscar um sanduíche de rosbife, estávamos com fome. Sumiu.

– Foi à lanchonete onde ele costuma comprar?

– Fui, disseram que ele apanhou o sanduíche, dois refrigerantes e contou que ia comer com a namorada.

– Que é você?

– Deveria ser. A menos que tenha outra.

A lágrima correu pelo rosto dela, quis ajudar, busquei um lenço no bolso, não tinha. Houve época em que nós, homens, andávamos com lenços de tecidos finos, podíamos oferecer, enxugar as lágrimas das mulheres, era de bom-tom. Odiei apanhar um guardanapo de papel e ousei passá-lo sobre a pele dela. Senti imenso carinho diante do desamparo dela. A jovem chorou convulsivamente e levantou-se:

– Me desculpe, preciso ir. Preciso ir.

– Para onde vai? Quer que vá junto?

– Não! Vou passar em casa, ver se ele chegou. Se não chegou irei à lanchonete de novo. Tenho passado por todos os lugares onde há um bom beirute.

– O beirute daqui é bom.

– Tenho medo de ele ter voltado e não me achar em casa. Por que os homens se vão? Somem? Por que nunca dizem "adeus", "não te amo mais", "te odeio", "não quero mais te ver". É melhor.

– Tem razão, por que não dizem...?

– Você me paga a caipirosca?

– Claro...

Saiu correndo, chorando, os donos do Balcão chegaram e ficaram olhando, Marcelo, o do caixa, fez um ar de quem não entendeu, achou que os dois tinham brigado. Porém Marcelo já viu tantas naquele bar, não se surpreende com mais nada.

A misteriosa perda de Antenor

Cid, da banca de jornais da Artur Azevedo, que conhece todo mundo, estranhou ao dar com um Antenor arredio, escondendo o rosto e perguntando:

– Veio a *Claudia*?

– Não, semana que vem. Sossegue, guardo, você não vai perder.

Cid sabe que Antenor coleciona a revista desde que a mãe, ao morrer, legou a ele todos os exemplares, mais de trinta anos de revistas. Agora tem horror de perder um número. Mas havia algo estranho, Antenor virava o rosto, não encarava Cid.

– Você está bem?

– Por que não haveria de estar?

– Parece deprimido.

Antenor respondia com o rosto virado para o lado, como fugitivos em filmes policiais, ou alguém que foge de credores, ou quem não quer encarar a mulher que engana.

– Estou ótimo, não se meta com minha vida.

– Não adianta esconder. Te conheço.

Ele correu em direção à rua Lisboa, desapareceu. Depois disso, Cid ficou duas semanas sem ver Antenor. Ele voltou para buscar a revista. "Gosto mais desde que aquela Paula tomou conta", murmurou baixinho, para ele mesmo. Continuava esquisito, porém parecia mais dócil. No entanto, quando Cid quis aprofundar a conversa, Antenor disse *ciao*, eclipsou-se.

Outras pessoas comentavam o caso nos encontros na padaria, no balcão da sapataria do Pepe, com a Jane e o Henrique, o casal dos vinhos, e até mesmo na agência de publicidade JP3, cujos publicitários são vistos raramente, a não ser a morena de vestido preto e óculos escuros, sempre esquiva. As atitudes de Antenor provocavam interrogações, afinal ele sempre foi simples, afetuoso e engraçado. As professoras, conhecidas como "meninas da padaria", estranharam que ele nunca mais tinha parado para trocar ideias no *brunch* dominical. Teresinha Gianezzi, do restaurante Genova, comentou que nem nas degustações Antenor aparecia, ainda que apaixonado por vinhos.

Então ele começou a deixar bilhetes. Colocava no balcão da padaria, mandava entregar por meio de Selma, Vanda ou Cris, as jovens farmacêuticas, deixava com o Edson da quitanda, com os taxistas, ou no Guest 607, a nova *bed and breakfast* da rua.

Um bilhete dizia: "Perdi uma coisa preciosa. Enquanto não encontrar não serei o mesmo." Outro: "Vocês não têm ideia de como são felizes. Se não encontrar o que perdi, acho melhor partir desta para melhor." Esse bilhete assustou. O que ele teria perdido?

Seria possível ajudá-lo? Por que não aparecia, explicava o problema? Por que fugia, afinal todos gostavam dos casos dele? Uma tarde, o motoqueiro alto, de barbas brancas e boné negro, um daqueles que fazem ponto em frente a CPL aos domingos, sempre acompanhado pela jovem loira, sorriso amplo, encontrou sobre o guidão da moto BMW um bilhete: "Meu problema é minha memória. Além do que perdi e que é importante, perdi também a memória. Se me lembrasse onde perdi o que perdi, minha vida mudaria."

Foi o bastante para entrarmos em alvoroço. Qual o mistério? Seria loucura, esquizofrenia, psicose, o quê? Um surto? Novo desaparecimento. Antenor evaporou-se. Disseram que estava frequentando a reunião dos infelizes do bairro, aquela que ninguém sabe onde acontece.

Há pouco, vindo pela rua Cristiano Viana, dei com ele saindo da casa de homeopatia. Sorriu:

– Deus é pai! Pode vir comigo pra me dar força?

– Onde?

– Ao pronto-socorro das Clínicas.

– Está doente?

– Não! Lembrei-me onde perdi.

Andava rápido, ansioso. No ambulatório, ele explicou alguma coisa para uma recepcionista, que mandou esperar. Demorou, chegou uma enfermeira.

– Ainda bem que o senhor veio. Não sabíamos mais o que fazer, a quem entregar. Aqui está. Quando demos alta, depois daquela convulsão, o senhor saiu correndo, disparado, nem quis ou teve tempo de recuperar seus pertences. Então descobrimos que não tínhamos seu endereço.

Entregou a Antenor um pacotinho, que ele desfez rapidamente. De dentro tirou um relógio, cédulas de dinheiro amassadas, uma medalhinha, uma miniatura, mínima, mínima, de um avião da Panair e um olho de vidro. Num segundo, ele apanhou o olho azul, lustrou na barra da camisa e recolocou no rosto. Sorriu, me encarou feliz. Há anos nunca ninguém tinha reparado que o olho direito de Antenor era de vidro.

– Agora, sim, posso enfrentar as pessoas. Estava desesperado. Sou eu de novo.

Seu olho de vidro azul brilhava intenso como se fosse vivo.

Um número maluco e impossível de telefone

Sérgio, solteirão aposentado, rendeu-se à necessidade de ter uma empregada para ajudá-lo nas tarefas domésticas. Uma das irmãs indicou-lhe uma senhora muito simples, mas dedicada, que concordou em complementar a renda com um salariozinho modesto, bem-vindo. Lúcia foi registrada, Sérgio é homem direito, abriu até um conveniozinho de saúde que lhe permita ser atendida quando tiver seus achaques, como ele diz. Ainda usa palavras como essa.

Para terem ideia de como é a criatura contratada, conto que, na semana passada, Sérgio estava fora fazendo umas compras para casa e, como todo solteirão acima dos 70, precisou de uma ajuda em certos materiais de limpeza. Ligou para casa. Ele sabia que Lúcia estava lá. Porém ninguém atendeu. O telefone tocou, tocou, tocou. Sérgio achou que tivesse errado o número, ligou de novo, nada. Preocupou-se. Teria acontecido alguma coisa? Um desmaio? Um mal súbito? Um AVC? Ele sabia que Lúcia não era de ficar no portão de conversa com a vizinhança. Ela acha que é mais seguro não abrir o portão para ninguém, não atender as pessoas.

Sérgio parou as compras e foi para casa. Até apanhou um táxi, para que se veja sua preocupação. Econômico, não joga dinheiro fora nunca. Faz bem, é ponderado, nunca se sabe o que vai acontecer amanhã num país como este. Chegou em casa afobado, entrou, deu com Lúcia cerzindo um par de meias. Entre raivoso e aliviado, perguntou:

– Não ouviu o telefone tocar?

– Ouvi.

– Tocou, tocou, tocou. Por que não atendeu?

– Por que não tinha ninguém em casa.

– Lúcia, o que me diz? Você não é alguém? Não é uma pessoa?

– Sou!

– Então?

– Nunca ninguém ligou para mim.

– Nunca?

– Nunca.

– Nesta cidade de 18 milhões de habitantes não tem uma pessoa que ligue para você?

– Não! Assim como não tem ninguém para quem eu ligue. Por que ia atender?

Anteontem, Lúcia atendeu o telefone. Tinha sido convencida de que era preciso, poderia ser uma pessoa que precisava passar um recado. Lúcia respondeu que o patrão não estava e concordou em anotar o nome e o número do telefone. Quando Sérgio chegou, ela entregou o bloquinho, e ele, abismado, leu o número:

222 9999999 111111 8888

Ficou olhando, sem atinar o que poderia ser aquele número. Seria da Lua, de Marte, de Washington, do Cazaquistão, de Santa Adélia? O nome era Eduardo Portela. No dia seguinte, estava em casa, Eduardo tocou, Sérgio atendeu e de cara disse:

– Que número maluco é esse que você deu à minha empregada.

– Como maluco?

– Então ouça: 222 9999999 111111 8888.

Eduardo começou a rir, rir, rir. Sérgio diria a bandeiras despregadas, velha expressão que nunca ninguém explicou o porquê...

– Pô amigo, não sacou? O número é 32. Ela colocou os três 2. 79. Sete vezes o 9. 61. Ou seja, seis vezes o 1. E assim anotou, ela está certa, você que é lento. 32.79.61.48...

O arco-íris da seca anunciada

Vinha pela rua, a empregada regava a calçada, eu disse amavelmente:

– Desculpe-me, a senhora não sabe que a água está sendo um problema?

– Ah, é?

– Não tem chovido, precisamos economizar água.

– Hum, hum...

E continuava sem me olhar.

– A senhora ouviu o que eu disse?

– Ouvi.

– E...?

– O senhor se meta com a sua vida.

Outro dia, cena semelhante. Um senhor atirava o jato de água contra as folhas, conduzindo-as aos bueiros. Divertia-se. Interpelei:

– Por que faz isso?

– O quê? O que estou fazendo para irritar o senhor?

Mudei o tom, não percebi, devia ter me exaltado.

– Primeiro, gastando água. Segundo, mandando as folhas para o bueiro, que vai entupir. E quando as chuvas chegarem vai ser aquela calamidade.

– Quem é o senhor? Fiscal?

– Não.

– Por que se preocupa com a água? Está faltando?

– Pode ser que falte, olhe a seca, o sol, o calor.

– Quando faltar o problema é meu.

Em um terceiro encontro, adverti a empregada que lavava usando um motorzinho. O jato levantava poeira, folhas, galhos, tampinhas, maços de cigarros, frascos de iogurte. Nas ruas tem de tudo, jogam a torto e a direito...

– Não sabe que o governo está pedindo para racionar água?

– Não sei de nada.

– Com o calor, sem as chuvas, as represas estão vazias, vai dar o maior problema.

– Que represas? Do que o senhor fala?

– As represas que abastecem a cidade. A água pode acabar.

– Se acabar, meu patrão compra. Sabe quem é meu patrão?

– Não, não tenho ideia.

– Um ricão. Não se preocupe, aqui nunca vai faltar água.

A via-sacra se estendeu, porque, como diz o povinho humilde, quando "encatiço" com uma coisa, prossigo. Nova cena.

– Por que você está gastando água desse jeito, se começou a faltar?

– Aqui ainda não. Quem disse que vai faltar?

— Os jornais, o noticiário da televisão.

— Bobagem. Se fosse faltar, o Boechat tava mandando o pau, ele é bom. O José Paulo de Andrade ia pegar no pé do prefeito. Se fosse faltar, a Sabesp ia avisar. Tudo o que vi da Sabesp foram comerciais dizendo que o litoral está limpo, saneado. O senhor pensa que está falando com um bobo? Leio, converso, sei, sou instruído, sou zelador aqui do prédio. O síndico daqui não deu nenhuma orientação, a piscina está cheia, tudo em paz. O senhor quer é pentelhar. É um missionário?

Não sou, tenho meus ataques, ainda que nesta cidade os ataques sejam perigosíssimos, você pode estar morto no minuto seguinte a uma palavra mal interpretada. Está todo mundo ouriçado, estressado, o calor abafando, antessala do inferno, os bandidos atacando, o Haddad nem se importando, o trânsito congestionando, o sol queimando, a chuva desaparecida. Está na hora de convocar a dança da chuva pelos índios. Uma senhora de seus 60 anos varria cuidadosamente a calçada, apanhou o lixo num saquinho, fechou e amarrou. Fiquei olhando. Finalmente alguém consciente. Ia elogiar, quando ela puxou a mangueira, abriu a torneira e começou a molhar a parede. Não resisti:

— O que está fazendo?

— Molhando a parede.

— Para que molhar?

— Não vê? É de pedra. Para esfriar, molho três vezes ao dia.

— Não devia! Não sabe que com a seca a água está a perigo?

— Só sei que faço o que me mandam fazer. O senhor não é meu patrão. Venha falar com ele. Isso é briga de grandão, não me meta, não me encha. Com esse calor, vou molhar a parede até esfriar quantas vezes eu quiser. Ou molho ou sou despedida. O problema da água não é comigo, é com o prefeito, com o governador, é com a Dilma. Vai falar com eles, já que é tão intrometido.

– Bem que queria, bem que devia, mas eles estão em campanha eleitoral. A senhora tem razão. Pena! Muita pena que todos nós não estejamos nos intrometendo, não estejamos pentelhando. Quando faltar água vamos trazer da Bolívia, de Cuba, da Venezuela, dos países amigos...

A senhora me olhou intrigada, deu as costas, dirigiu o jato contra a parede, o sol se refletiu, formou um arco-íris lindo, as cores da seca que se anuncia, da calamidade anunciada.

Meu gato Chico é vítima da crise hídrica

Quem primeiro teve de compreender e sofrer com a crise hídrica – lindo nome criado para nos iludir – foi Chico, meu gato de rua, por nós adotado há treze anos. Vocês sabem que animais são sistemáticos. Sofrem de Transtorno Obsessivo Compulsivo, TOC. Levam isso às últimas consequências. Entram numa e não há terapeuta de gatos que consiga tirá-los.

Chico, entre os vários TOCs adquiridos, tem um essencial. Vindo ainda daqueles anos de felicidade, quando podíamos tomar banho, regar o jardim, limpar as janelas, lavar o rosto ou as mãos, arrumar a cozinha, beber água que não vinha do terceiro volume morto.

Não sei como ou quando começou, porém, um dia, Chico descobriu que a tigela de água não era tão interessante para ele mitigar (essa palavra é boa, mitigar) a sede. Um de nós foi culpado. Porque Chico, fascinado com a torneira deixada incidentalmente aberta, da qual corria um fio de água, mínimo, saltou para a pia e começou a tomar daquela água fresca. A língua, rápida, recolhia bocaditos, e – vejam que horror – achamos graça.

Tenho culpa ao pensar hoje em quantos litros foram vazados da Cantareira ou sei lá de onde vem a água para este recanto da cidade. Mas era tão saudável, tão puro, tão bonito um pequeno gato preferindo a água fresca e não aquela da tigelinha, quente, empoeirada – porque a poluição de São Paulo chega mesmo dentro de casa, em camadas sucessivas. O bichinho se acostumou, tinha um relógio biológico infalível, naquela exata hora da manhã e da tarde, saltava para a pia e esperava. Alguém abria a torneira para ele. Deixava um filete mínimo, quase nada.

Mas posso jurar que Chico não fraudou, nem provocou a crise. Essas gambiarras, muitas feitas por técnicos aposentados ou demitidos da Sabesp, roubaram mais água que o gato. Roubaram mais água do que os petrolões conseguiram em dinheiro para os cofres do PT. Vocês notaram que graças ao Eike Batista e à Petrobras o termo "bilhão" tornou-se ninharia? Moedinha de troco? Parece que não é nada. Todo mundo fala em bilhão como se fosse trocadinho, *pocket money*, como dizem os americanos.

Voltemos ao Chico, que está passando por um período de superação, palavra que o marqueteiro de plantão da Dilma – esse é que nos engambela, nos leva no bico – usa com deleite. No primeiro dia, Chico subiu à pia e me olhou. Entendi, mas expliquei, nas palavras mais simples possíveis, que a crise tinha chegado e devíamos economizar água. Lamentava, não podia abrir a torneira. Gato, quando quer, entende. Quando não quer, faz cara de bobo. Não sei se ele entendeu, mas saí em seguida para um trabalho. Quando voltei, duas horas depois, o bichinho continuava na pia, imóvel. Busquei a tigelinha e ofereci, ele cheirou, não quis. Miou mansamente, me doeu o coração. Expliquei de novo, ele ficou me olhando com aqueles olhos verdes de gato de rua bem tratado. Olhos de gato súplices são tremenda chantagem.

Apanhei o animal com cuidado, levei-o para o chão, coloquei a tigela em frente, ele cheirou, recuou, pulou para a pia de novo. Miou mansinho. Dei as costas, desapareci. Se a sede insistisse ele deveria aceitar a água. Na crise todos devemos ter nossa cota de sacrifícios.

Fui fazer um texto, esqueci o gato. Ao voltar, lá estava ele sobre a pia, esperando. Disse:

– Sinto imenso, meu caro. Mas certamente você será a primeira baixa provocada pela crise hídrica. Ou deixa esse reflexo condicionado de lado, ou vai secar juto com a Cantareira. Não posso fazer nada. Pensou se todos os gatos desta cidade quiserem tomar água da torneira?

Chico miou, raivoso. Entendi, juro que entendi, depois de um tempo entendemos o que nossos bichos dizem.

– Crise hídrica? Olha aqui! Pare de se enganar. De querer me enganar. Não posso beber água? Está bem. Ficarei aqui até secar. Farei greve de sede. Chame a televisão. Quero terminar minhas sete vidas nas telas do Brasil, na internet. Se ninguém se comover, não quero mais pertencer a este mundo. Humanos? Pois sim!

Tentei tudo, minha filha adulou, minha mulher mimou, gatos são determinados. Não posso e não vou abrir aquela torneira. Quando sinto sede e vou ao pote (porque tenho um velho pote de barro), faço em um momento em que o Chico não esteja por perto.

Cada manhã corro sobressaltado para a cozinha, esperando o pior. Agora procuro um artesão que me faça um suporte para uma garrafa de água mineral, que ficará de ponta cabeça, junto à torneira da pia. Não precisa ser Perrier, nem San Pellegrino, nem Pedras Salgadas, nem Evian, nem Vichy. Ele foi educado na simplicidade. Se não morrer antes.

De vez em quando você não pensa em coisas assim?

Como se sente uma pessoa que sabe a hora exata em que vai morrer?

Durante dias e dias fiquei assombrado com o episódio do traficante brasileiro fuzilado na Indonésia. Nada a ver com os pedidos de clemência feitos a seu favor e recusados. Por que haveria o governo indonésio de atender a um pedido que vai contra a lei do seu país? Será que a presidente imaginava que lá, como cá, a lei pode ser mudada ao sabor das vontades? Quando a Itália pediu Cesare Battisti, o que fez o governo brasileiro? Deu cidadania brasileira ao homem. Nada sei de questões internacionais. Meu problema é outro.

Sabemos que vamos morrer. Não sabemos a hora, como diz o samba. Vivemos na ilusão de que ela não virá, ou virá quando formos muito velhos. Assim, a morte é distante, negamos que vá acontecer. Mesmo nas doenças. Você está terminal e tem a esperança de que no dia seguinte um cientista descobrirá a cura para o seu mal.

O que penso e me angustia é: como se sente uma pessoa que sabe o dia, a hora, o minuto em que vai morrer? Sabe como vai morrer. Como fica essa cabeça, o estômago, o coração, tudo? Vira tudo um vazio? Ainda sente fome, sede? Agarra-se a uma esperança de uma reviravolta no destino? Quem sabe uma fuga? A clemência? Mas e quando a clemência é recusada e a morte se torna inexorável?

Você entra em estado de choque, entra em transe, pira totalmente ou conforma-se? Adianta nesta hora acreditar em alguma coisa, ter alguma fé? Não falo de terroristas suicidas que dão a vida por um Deus, uma crença. Falo de um sujeito que decidiu por um tipo de vida marginal, sem ética, sem escrúpulos, sem limites, um traficante de drogas. Ou estou sendo juiz? Bate nele o terror, a paralisia, enlouquece, desesperado? Pensa na sua vida, recorda-se, rememora, repassa tudo, arrepende-se (do quê?). Enfia-se nas lembranças? Ou pensa, o tempo inteiro, sem dormir, sem parar, que cada hora é uma hora a menos, um minuto a menos, um segundo a menos. Como é essa caminhada rumo ao poste onde o indivíduo é amarrado e tem o rosto vendado? Algum condenado já recusou a venda? Olhou para os carrascos?

Lembrei-me do filme *Glória feita de sangue (Paths of Glory)*, de Kubrick, de 1957, ano em que cheguei em São Paulo, em que um dos condenados, o soldado Maurice Ferol (interpretado por Timothy Carey), apavorado, segue tremendo, chorando, se borrando para o muro de execução, inconformado, revoltado, indignado, amedrontado. É a dor de deixar esta vida ou é o medo de não saber o que há do lado de lá, se há um lado de lá? Aquele choro é uma das cenas mais dramáticas do cinema.

Então me lembrei de um dos melhores livros de Norman Mailer, *A canção do carrasco*, não um romance e sim uma extensa reportagem, à la Truman Capote (*A sangue frio*), que recebeu o Prêmio Pulitzer em 1980. No entanto, Mailer publicou seu livro em 1979, enquanto o de Capote saiu em 1965, mudando a forma de fazer jornalismo. Mailer seguiu a trajetória atormentada de Gary Gilmore, reconstituindo todos os seus passos, crimes, roubos, latrocínios, prisão e condenação à morte, aos 37 anos, em 1977. Gary nunca pediu clemência. Ao contrário, determinou: "Que me matem por fuzilamento". A descrição final de Mailer arrepia. O condenado sentado, um oficial coloca um círculo branco sobre seu peito – o alvo onde deveriam atirar. Os que fuzilariam estavam atrás de uma lona e as armas eram enfiadas por uma pequena abertura. Os tiros pareceram trovões aos que assistiam, porque havia mais de cinquenta pessoas "na plateia", como se fosse um grande show. No livro, conta-se que, um segundo antes de morrer, o diretor da prisão perguntou a Gilmore: "Tem alguma declaração a fazer?" Ele sorriu e disse calmamente: "Vamos acabar logo com isso".

    Na Indonésia, ao menos, não se permite auditório. São os atiradores (uma só arma tem bala verdadeira, ninguém sabe qual), um ministro da fé que o condenado pratica e o comandante. Pergunto: será que cada atirador tem a certeza de que a bala mortal não é a sua? Ou há uma questão de consciência? Culpa? Ou nada disso? O que fica em minha cabeça é essa caminhada que o brasileiro fez até o poste de execução. Pareceram milhares de quilômetros? Ou um segundo? A bala, ao penetrar, provoca dor? Ou não há tempo, o coração para na hora, o sistema nervoso se desarticula? É o fim.

Alguém sabe o que é "acúleo", "lazeira", "baganha", "ripanço" e "exomorfismo"?

Dia desses o jornal *O Estado de S. Paulo* publicou uma foto histórica, creio que única. Rara. Não me lembro de ter visto outra semelhante nestes cinquenta anos desde o golpe militar. Antes, porque seria proibida, depois porque talvez ninguém tenha se lembrado de registrá-los fotograficamente. Pessoas repulsivas. Na matéria sobre os 140 anos do *Estadão*, há a foto de Francisco Braga, o censor do jornal, "trabalhando" em 1968, um ano crucial. Sobre a censura de tais tempos muito se tem dito. Na primeira fase, assim que os militares se instalaram, o censor foi uma presença física dentro das redações. Praticamente batia ponto conosco. No jornal *Última Hora*, quando fui secretário, ele ficava em minúscula mesa, grande o suficiente para espalhar as matérias de cada página que estava desenhada e pronta para a gráfica.

Em alguns jornais dizia-se: descer à gráfica. No *Última Hora* não, redação e gráfica estavam no mesmo plano. O homenzinho lia com cuidado, às vezes relia e mandava chamar a mim ou ao diretor de redação, pedindo explicação sobre determinado título ou palavra. Certa vez me perguntou: "O que quer dizer centunvirato?" Fiquei chapado, quem tinha usado tal palavra? Tinha sido Ibiapaba Martins, ótimo escritor, da Academia Paulista de Letras, e editor do caderno de variedades.

Pedi um minuto, corri à revisão, voltei com o significado. Logo depois, surgiu outra: "O que é exomorfismo?" Nem tinha passado meia hora, o homem pediu: "E linfossarcoma? E pranungama? E ripanço?"

Ele estava ficando cabreiro, eu também. A cada pergunta, pedia para ver de quem era o artigo, a crônica, o que fosse. "Ripanço" tinha sido usado pelo Marco Antonio Rocha (hoje editorialista político). É um instrumento de madeira que serve para separar a baganha do linho, expliquei com o dicionário na mão. E o homem: "E o que é baganha?" "Exomorfismo" estava em um artigo de Luiz Carlos Bettiol, hoje no comando de uma das maiores bancas de advogados de Brasília. "Pranungama" era do João Apolinário, poeta e teatrólogo português, exilado antissalazarista, que fazia com sucesso um consultório sentimental assinado por Tia Helena (viver era necessário) e escrevia críticas de teatro. Formava com Sábato Magaldi, Décio de Almeida Prado e Delmiro Gonçalves um quarteto respeitadíssimo. "Linfossarcoma" foi obra do Arapuã, humoristas dos mais lidos que fez a proeza de usar tal termo num texto de humor. Atacava com finura e sutileza. Jô Soares, jovenzinho, que fazia uma coluna de variedades, usou "acúleo", "lazeira" e "apetitar". O homem me chamou: "As duas primeiras palavras não sei e o moço não está aqui para explicar. Mas "apetitar", tenho certeza, é comer uma mulher. Troque a palavra."

No fim da noite, o censor tinha partido, nos reunimos e eu quis saber a história toda, contada entre risadas. Antonio Garini, repórter de polícia e cronista da vida (escreveu certa vez uma história do circo em São Paulo,[3] que foi um primor, tinha um texto limpo e orde-

---

[3] O curador e pesquisador desta matéria foi um sujeito curioso, estava todas as noites no Gigetto, um dândi conhecido como Julinho Boas Maneiras, amigo de todo mundo que se imagi-

nado), contou que quando o revisor embatucou na primeira palavra, foi como se um raio tivesse caído na redação. Garini juntou Marco Antonio, Arapuã, Bettiol, Ibiapaba e Apolinário. Correram à revisão e extraíram do dicionário as palavras mais estapafúrdias. O time que "inventava" palavras mudava dia a dia para não dar na cara. Palavras extravagantes surgiam até no título. Furioso, o censor implicou com o termo "idiossincrasia" usado por Walther Negrão, hoje novelista. "Isto não existe", clamava. Provou-se que existia. Só que ele teve razão, não fazia sentido no texto. Negrão, um eterno gozador, explicou: "Foi para sacanear". A situação durou até o momento que o censor, diante da palavra "semasiologia", determinou: "Que se usem aqui palavras cujo sentido todos compreendam". Entregou-me um papel com a lista que tinha vetado, guardei por anos. Semasiologia, vejam só.

Um redator, o teatrólogo Roberto Freire, bateu de frente. Certa noite, queria saber o porquê de um veto. O censor usava um carimbo verde, retangular, quando eliminava textos. A resposta não deixou dúvida: "Porque quero, porque sei o que é bom e ruim para o país, para a revolução. Não me questione mais ou mando prendê-lo." Só eles chamavam o golpe de revolução.

De tempos em tempos, mudavam o censor, talvez para que não se habituasse e fizesse "amizade" com os jornalistas, passasse a funcionar o jeitinho. Só que ninguém queria amizade, a figura era odiada. Com o tempo, a censura se sofisticou, passou direto para a Polícia Federal, surgiram normas e igualmente uma coisa terrível: "Vocês sabem o que

---

nasse, do trapezista de circo da periferia a Tônia Carrero, Tarcísio Meira, Jô Soares, Walter Hugo Khouri. Esta série de reportagens deveria ser resgatada em livro, nada existe sobre a história do circo em São Paulo. A coleção do jornal está no Arquivo Público do Estado de São Paulo.

não deve ser publicado. Na dúvida, não publiquem." Criou-se a autocensura perniciosa, devastadora. Eu não publicava uma reportagem, mas o *Estado* sim. *UH* não dava, a *Folha* dava. Não se falava, e também se falava (cada um arriscava) de política, não se usava a palavra ditadura, não se escrevia sobre sexo, drogas, terrorismo, assaltos a banco, tortura, religião, virgindade, sexo antes do casamento, pílula anticoncepcional. Um inferno, vinham admoestações, chateações explicações.

Tudo isso me veio ao ver a foto do Francisco Braga. Ele está vivo ainda? Sabia o que fazia? Fazia porque gostava ou era um emprego? Havia ideologia? Ele tinha ideia de como desvirtuava a realidade, o cotidiano. Como eram as almas dos censores? Tinham consciência do que faziam? Por que não fotografamos todos e demos seus nomes? Já dei muitas entrevistas e escrevi a respeito: tudo que os censores cortaram eu guardei, usei para montar meu romance *Zero*, hoje emblemático sobre aquele tempo. *Zero* tem tudo que o leitor brasileiro não soube. Não precisei inventar nada. Anos mais tarde, na Editora Três, havia um censor, um polonês elegante, culto e educado[4] que, vez ou outra, chegava e dizia: "Hoje é o último dia do filme *Corações e mentes*. Amanhã será proibido. Corram para assisti-lo." As redações esvaziavam, até a sóbria Eny, secretária do Domingo Alzugaray, dono da editora, largava tudo e ia. Do que são feitas as almas dos censores?

---

[4] Assim que a crônica foi publicada, uma senhora me escreveu, dizendo que conhecera o censor. Seu nome era Richard Bloch, culto, inteligente, na casa dos quase 70 anos. Era censor, mas sofria com o que era obrigado a fazer, teve problemas de saúde por causa disso, ficou muito mal, até abandonar o cargo.

O que ditadura tem a ver com as pernas de Cyd Charisse?

Fim de uma tarde fria em São Paulo, quarta-feira desta semana. Preparei a mala para Recife, deveria falar no Sesc Santa Rita, no dia seguinte, sobre os 39 anos de meu romance *Zero* e os 50 anos da ditadura militar. De repente, me caiu a ficha. Este dia seguinte, 31 de julho, seria meu aniversário. Também me veio a lembrança de que no dia 31 de julho de 1975 lancei o *Zero* no Rio de Janeiro.

Foi a primeira edição brasileira e a grande surpresa, ao chegar na livraria, foi ver meu pai me esperando na porta. Não tinha avisado nada, dito nada. Pegou um ônibus em Araraquara e desceu no Rio. Ficou horas na livraria, conheceu Vera Fischer, Ítala Nandi, foi jantar com um grupo comandado pela Ligia Jobim, a editora de Brasília/Rio que tinha tido a coragem de lançar o livro, desafiando o regime vigente. Regime vigente? Cada expressão que me escapa.

Tarde da noite, fui levar meu pai a uma pensão do Catete em que estava hospedado. Era mais uma pousadinha simpática do que uma pensão no sentido que se dava ao termo. Homem simples, tudo estava bom para o velho Totó, como era chamado em família. Tinha então quase 70 anos. Naquela noite eu teria dado a ele um quarto no Copacabana Palace. Lembro-me que papai pediu ao táxi que passasse pelo Palácio do Catete, sede do Getúlio e onde o presidente dera um tiro no peito. Ficamos parados um tempo, ele olhando aquele palácio fechado, escuro, não sei se já era um museu. Quer visitá-lo amanhã? Perguntei. Ele disse não. Já tinha prestado sua homenagem a um político que admirava pelas leis trabalhistas.

Na estante de casa em Araraquara havia cinco grossos volumes de discursos de Getúlio, uma publicação oficial. Menina dos olhos dele. Autografados. Certo dia, meu pai simplesmente mandou uma carta para o Catete, dizendo-se admirador de Vargas. Era um homem letrado, de muitas leituras, escrevia bem. O que sei é que um dia o carteiro entregou um grosso pacote em casa, vindo da Presidência da República. Quando Totó abriu, quase teve um colapso. De alegria. Ali estavam os volumes autografados. Hoje me pergunto: onde estarão? Com qual dos filhos ficou? Não comigo. Papai pensou certa vez em doá-los à biblioteca municipal. Estarão ali? Preciso desvendar o mistério prosaico.

No dia seguinte, fomos passear pela Cinelândia e ele insistiu que passássemos pelo Palácio Monroe, belíssimo, que admirava demais. Pareceu uma premonição. Dois meses depois, em outubro, Geisel autorizou a demolição de uma joia arquitetônica, patrimônio histórico do Rio de Janeiro, para a construção do metrô. Quase final da tarde, entramos num cineminha meio fuleiro, ele estava cansado. Mas o filme era ótimo, eu tinha visto dezenas de vezes. *Cantando na chuva*, com Gene Kelly, Debbie Reynolds e Donald O'Connor. Como esquecer a mais bela e sensual bailarina que o cinema já teve? Cyd Charisse. Como esquecer a cena em que Gene para de dançar e olha deslumbrado para um par de pernas monumentais? A câmera se afasta. Era Cyd. Altíssima (Fred Astaire contracenava com ela, mas fazia malabarismos para não se mostrar menor), lindíssima.

Na tarde desta quarta-feira, a noite me surpreendeu apanhando na prateleira de minha filmoteca a caixa de *Cantando na chuva*. Deixei a mala por arrumar, revi as pernas de Cyd Charisse, a noite do *Zero*, o passeio pelo Catete com meu pai. Pensei: no Recife falarei mais do musical do que da ditadura. Falarei das pernas de Cyd Charisse.

A própria
vida preenche
seus vácuos

A estranha sensação de *no pertenecer*

Sou um leitor voraz (porque o termo se aplica à gastronomia) de tudo o que é livro sobre cozinha, vinhos, receitas, assim como devoro (outra palavra boa) revistas e jornais sobre o assunto. Toda semana me debruço sobre suplementos como Paladar, do jornal *O Estado de S. Paulo*, e Comida, da *Folha de S.Paulo*. Sou um *habituê* do que escreve a Nina Horta. Ah! Não se esqueça, Nina, mineira de boa cepa, tem um livro delicioso: *Não é sopa*. Vale a pena ter. Na última quarta-feira, Nina falou sobre o *no pertenecer*, expressão que encontrou em Julio Cortázar, escritor argentino que viveu a vida inteira em Paris, despaisado. Imenso escritor. Foi para a França empurrado pelas ditaduras sanguinárias de seu país.

Esse *no pertenecer* é aquilo: você está num lugar, nada tem a ver com ele, não lhe diz nada, não é referencial, mas, de repente, uma comida, um cheiro, um perfume o leva de volta a você mesmo, à sua aldeia. Fiquei pensando nos meus *no pertenecer*. E descobri vários.

Nós de Araraquara temos o cheiro de laranja prensada que domina a atmosfera em determinados dias, assim como décadas atrás havia o cheiro do café torrado. Ou o do restilo de cana, nas épocas de safra, e assim por diante. Estes marcam o nosso pertencer. Mas cada um tem o seu, pessoal, intransferível. Apanhei um bloco e alinhavei (boa palavra) os meus.

Sei bem o que é *no pertencer*. Quantas vezes sinto falta do "virado de banana" que minha tia Maria fazia no meio da tarde? Banana na panela, mexendo até tomar o ponto de doce. Farinha de milho, e pronto. Podia-se comer com a colher ou ela colocava sobre o granito da pia, deixava endurecer e cortava em quadradinhos.

Vez ou outra faço o que meu pai fazia depois do almoço. Uma tigela de leite e farinha de milho. Parece insosso aos outros, para mim tem o gosto da alegria do pai que parecia se fortalecer com a iguaria.

E o cheiro forte do pão doce enrolado em fita, com coco ralado no meio? Necessário no meio da tarde também, comprado da carrocinha do padeiro que passava com uma corneta e gritando:

– Paaaaaaadeeeeeeeiiiiiiiro.

Minha avó comprava do Pasetto, minha mãe do Palamone. O Pasetto foi substituído pelo Flório, mas outro dia passei por ali e o nome da padaria está oculto por um imenso letreiro da Coca ou da Pepsi, não tenho certeza. Percebi o que era *no pertencer*.

Estava em Berlim, em 1982, em longa temporada, e um dia descobri numa confeitaria o doce mais típico da cidade, o berliner. Comprei, comi e me senti no interior, porque o berliner não passa do nosso prosaico sonho recheado de um creme qualquer ou de uma geleia. Adoro o sonho (ou berliner) com geleia de damasco.

O *no pertencer* é também revelado por meio de um raio de sol caindo de lado, por uma brisa noturna, por um cheiro. Certa vez, no Nordeste, uma velha passou por mim e senti o perfume Coty que minha mãe usava. Era um vidro redondo que ficava sempre sobre o psichê, um móvel, não a psique. No entanto, fazia quarenta anos que minha mãe tinha morrido, o vidro não existia mais, e acho que nem aquele perfume. Dou um berliner a quem se lembrar dos psichês.

Quando pela primeira vez em Paris, em 1963, pedi um *croque-monsieur*, na primeira mordida vi que não estava ali e sim no bar do Hanai, em Araraquara, que na década de 1950, quando eu cursava o ginásio, fazia o melhor misto-quente da cidade e claro, do mundo, porque a cidade era nossa aldeia, era o universo. Era em frente do Instituto de Educação Bento de Abreu e só os abonados comiam. Eu, de vez em quando, num sábado, fazia a extravagância.

Agora que escrevi tudo me pergunto: essa sensação é que define o *no pertenecer*, ou ela me diz: pertenço a este lugar que não é meu, porque nele posso estar em meu lugar?

Mas penso também nos milhões que acabam não pertencendo a lugar nenhum, despaisados, desterrados, exilados, refugiados. O que os remetem a lugares a que pertencem?

Um baile que tem cem anos e a invisibilidade dos negros na sociedade

Na infância, alguns de meus melhores amigos, o Mário, o Pico, o Zé Maria, a Elza, eram pretos que moravam a uma quadra de casa. Eu ia tanto a casa deles como eles vinham à minha, brincávamos, comíamos juntos, éramos iguais, me parecia.

Sei, não deveria usar a palavra preto, o "certo" seria afrodescendente, que é menos pejorativa, agressiva. Sentado na cadeira do barbeiro, ouvia a frase: "Os negros estão lá para cima, do outro lado dos trilhos, estragaram a Vila Xavier". Brincando na avenida Guaianases, hoje Djalma Dutra, ouvia no armazém do Elias e do Antônio, dois turcos (como se eles próprios não sofressem discriminação), na esquina da Seis: "Cuidado, daqui para baixo moram os negros". Quando passava pelo Jardim Público, entre a Quatro e a Cinco, pessoas diziam, olhando para o salão do Nosso Clube, como que me alertando: "Ali fica o baile dos negros".

Tudo isso passava batido na minha infância, ainda que a repetição, "coisa de negro", levantasse uma questão misteriosa: o que eles têm de diferente? Eu ainda não sabia definir como discriminação.

Por outro lado, nunca me esqueço a surra que levei de minha mãe, quando, ao atender palmas no portão, avisei: "Dona negrinha está aí". Era alguém que nos vinha visitar. A surra veio com uma advertência: "Saiba tratar as pessoas".

Hoje, à distância, percebo que não me lembro de alunos ou professores negros no Instituto de Educação Bento de Abreu, o colégio estadual onde fiz ginásio e científico. Não me lembro deles nas sessões do cine Odeon, a sala chique, ou no *footing* "dos brancos", entre as avenidas Portugal e Duque. Não me lembro de nenhum vereador. Os negros tinham seu grande momento no Baile do Carmo, mítico em minha juventude. Meu melhor amigo, o Dedão, frequentava e aconselhava, "é o melhor da cidade". Cheguei à porta algumas vezes, não entrei. Umas por timidez, outras porque era olhado meio de lado, como se dissessem "aqui não é seu lugar". Mas sempre morri de vontade de ver, sentir, participar.

Nos anos 1950, eu era cronista social do jornal *O Imparcial*, em Araraquara, e sugeri:

– Vamos cobrir o Baile do Carmo?

Paulo Silva, o dono e diretor, topou, mas parece que foi aconselhado por um político e alguns comerciantes que colocavam anúncios a deixar de lado.

Com estas superficiais reminiscências entendi o livro de Valquíria Pereira Tenório, *Baile do Carmo: memória, sociabilidade e identidade étnico-racial em Araraquara*, edição Nandalaya, de Belo Horizonte. Valquíria, que o professor Dagoberto José Fonseca define como "autora heroína", não pode saber o quanto seu livro aclarou momentos de minha vida, minhas relações. Para a história da cidade, ela sabe o quanto é importante. Ela analisa, a partir do Baile do Carmo, que tem cem anos, a teia de "silêncio, da invisibilidade e do desconhecimento que se tinha sobre a participação dos negros na sociedade araraquarense".

Esta curta crônica, escrita por alguém que não é sociólogo nem antropólogo, mas que é curioso com tudo que diga respeito a minha cidade, é espaço escasso, porém serve para avisar que um estudo de importância existe. Está aí. Não o deixem morrer nos arquivos das teses universitárias. As prateleiras dos porões das universidades são o túmulo de um mundo de teses e TCCs, alguns bem interessantes, que servem para um dia único, o da defesa. Depois morrem, escritos numa linguagem cifrada, codificada, inacessível ao homem comum. Mas o homem comum não interessa às academias.

Fundamental, o livro de Valquíria nos ajuda a entender pedaços de nossa história e comportamento. A partir desse baile tradicional, a autora mexe e remexe nas entranhas de Araraquara. Que não é e nunca foi diferente da de outras cidades. O Baile do Carmo é importante, diz Valquíria, para reconstruir a parte omitida de nossa história. Os registros oficiais ignoram a presença da população negra e suas manifestações. "Mais do que um baile, realizado uma vez por ano, esse evento demonstra a organização e a resistência do negro diante da discriminação e dos preconceitos existentes nesta cidade", diz o professor Dagoberto. "Com ele foi possível entender a segregação racial na cidade, os lugares de negros e suas manifestações culturais e políticas, mas também como, ainda hoje o comércio, os hotéis, os táxis, os restaurantes, os políticos e o poder público local, estadual e federal se relacionam e ganham modos distintos, com essa manifestação de força e união, assim como de repúdio e resistência contra o racismo, a invisibilidade e a violência perpetrada pelo silêncio e o não direito à memória, praticados nesta cidade".

Vácuo na minha vida, nunca fui ao Baile do Carmo. Sou do bairro, aqui cresci, vejam só. *Insights* breves: inveja dos negros elegantes, vestidos impecavelmente em ternos de linho branco. Meu sonho se realizou quando tomei posse na Academia Paulista de Letras. Quebrei a tradição do terno escuro, usando um branco. Nunca me esqueço também de uma das mais belas mulheres da cidade nos anos 1960/1970, Carmem, a manicure, altiva, rainha, uma Nefertiti que fascinava. Mulher inteligente, de porte, cheia de humor, queriam que ela desfilasse no carnaval de biquíni, os clubes da classe alta a chamavam para exibi-la. "O que pensam que sou? Bibelô?" – ainda se usava esta palavra – "Brinquedo, mulher de vitrine?" Zé Celso pensou nela um dia para uma de suas peças. Ela não foi, continuou sua vida na cidade. Era negra. Um termo que não devia usar...

A mistura das fumaças da vida e da morte

A vida nos surpreende com instantes que nos tocam fundo, fazendo com que pensemos em seus mistérios. Como uma cena do cotidiano de uma criança de Araraquara, nos anos 1940, pode se misturar ao contexto de uma família judaica de Bialystock, nordeste da Polônia, nos mesmos anos? Como pessoas tão distantes, de línguas, religiões, vida e hábitos diferentes, acabam tendo os mesmos sentimentos, sensações, memórias? Naqueles anos de guerra na Europa, no interior de São Paulo, nós crianças esperávamos, na casa da avó, a chegada do carrinho da padaria Pasetto, que entregava pão quente, sobre o qual a manteiga derretia. Os netos de vovó Branca, sentados à mesa para o lanche das duas da tarde, aguardavam, e quando a tampa do carrinho era aberta na rua, o aroma dos pães, principalmente das roscas de coco, chegava até nós. Este perfume me acompanha até hoje.

Praticamente nos mesmos instantes, em Bialystok, outro lado do oceano, leste da Europa, uma família sentia o aroma penetrante do bialy sendo assado na padaria, cheiro que acompanhou a todos pela vida. "O bialy é um pão redondo e fino, com o centro ligeiramente afundado (um movimento que se faz delicadamente com os polegares), o que o torna mais crocante, sendo que em volta ele é mais macio. Sobre esse centro cavado, coloca-se cebola e sementes de papoula, de preferência em quantidades generosas. O bom bialy deve ser escurinho e bem tostado. Mas nunca deve ser torrado posteriormente como um bagel... No centro do bialy, para muitos, o bom mesmo é uma porção de arenque defumado."

Bialy era o pão dos judeus de Bialystok, na Polônia. Os nazistas invadiram o país em 1939 e, ao chegar à cidade, encerraram dois mil judeus na Grande Sinagoga de madeira, ateando fogo ao edifício. Quatro anos depois, aconteceu a Revolta do Gueto da cidade, uma luta feroz. Um padeiro salvou-se do extermínio, acabou sendo preso e mandado a um campo de concentração. Salvou-se por ser um mestre no seu ofício. Essa é uma história dura, ainda que poética e delicada, em torno da luta pela sobrevivência humana, enfrentando as atrocidades da SS alemã de Himmler. O oficial da SS que o levava para todos os campos sempre dizia: "Judeu! Você faz o melhor pão, com os piores ingredientes."

A história nos vem contada por Michel Gorski e Sílvia Zatz em um livro curto, denso e cativante, *O soprador*, que resgata a tradição do bialy transplantada para Buenos Aires, que, se acolheu nazistas depois da guerra, abrigou também judeus.

Foi em uma rotisseria de São Paulo, em Pinheiros, a Mesa Três, em um sábado de manhã, cheio de sol, que centenas de pessoas misturaram sensações como eu, em um lançamento original. Sílvia e Michel autografavam *O soprador*, para adultos, enquanto as ilustradoras Flavia Mielnik e Laura Gorski "autografavam" com desenhos um livro infantil, *Irerê da Silva,* também de Michel e Sílvia. Os quatro estavam nas mesas da cozinha, próximos ao forno, de onde, a cada minuto, Ana Soares trazia bandejas de bialys fresquíssimos, cobertos por alvas toalhas, a fim de que o calor não escapasse.

Atrás de Ana, vinha Ique servindo copinhos de schnaps gelado pois nada melhor que um bom schnaps para acompanhar o bialy de cebolas ou de tomate, de perfume intenso. Porque assim, no livro, se reuniam na padaria os amigos do "soprador", ou seja, Berko, o padeiro. Na rotisseria, autores assinavam, bialys passavam, schnaps gelado era tomado e, enquanto isso, o que eu fazia? Lia trechos do livro. Coisas de São Paulo, onde a manhã de sábado pode escorrer de maneiras diversas e lentas para o interior da tarde, enquanto amigos se encontram, pessoas se conhecem. Lia antecipando o prazer, e nós todos nos emocionávamos ao pensar naqueles judeus mortos em Bialystok na invasão.

Deixei para o final um dos episódios mais fortes do livro. O soprador foi requisitado – como era comum – pelo comandante de um campo de extermínio para ser o padeiro dos oficiais. O pão o salvou. À medida que o comandante era transferido de Majdanek para Auschwitz-Birkenau, Blizin, Buchenwald, e outros, o soprador era levado junto. Os padeiros usavam máscaras para não comer as migalhas que sobravam. Ao sair, ficavam nus para mostrar que não levavam pão aos outros prisioneiros.

O horror é revelado em curto trecho. Em Majdanek, da janela da padaria se podia ver a chaminé do crematório. Não era segredo para ninguém. A morte fazia parte da rotina. De sua janela, o padeiro, em determinados dias, via a fumaça negra do crematório se misturar à fumaça branca que saía dos fornos de pão. Dois fornos opostos. O da criação e o da destruição. O da vida e o da morte. O do alimento e o da degenerescência.

Décadas mais tarde, em Buenos Aires, Berko, o padeiro, quis voltar a Bialystok. No consulado polonês não queriam lhe dar passaporte, ele não tinha documento algum. "Nada, nada? Um simples papel que prove que o senhor é polonês?" Berko pensou e de repente ergueu a manga da camisa, mostrando o número tatuado no braços: B- 15. 927. B de Birkenau, que era ligado a Auschwitz. Imediatamente lhe deram o documento.

Por que as pessoas somem e reaparecem de repente, anos depois?

Berizal, Yvonne Fellman e Leila Parisi. Nenhuma delas conhece a outra, nunca se viram, foram ligadas a mim em tempos diferentes. Há pessoas que surgem, iluminam a cena por um momento e desaparecem. Meio século depois reaparecem. Qual o significado de três reencontros acontecidos há pouco em minha vida? Acaso, coincidência? Coisas da vida?

Rainha da Babilônia? Berizal vem da adolescência. Loira, esguia, filha do fabricante de um refrigerante tradicional em Araraquara, a Cotuba. Todos achávamos o nome Berizal intrigante, excêntrico. Comentava-se que o nome vinha de uma rainha da Babilônia. Ou de Bizâncio. Berizal, um mistério. Vivia na dela, solitária, sempre vestida de maneira diferente de todas as jovens da época. Na cidade há muitos que ainda se lembram dela, insinuante, sensual, exótica. A certa altura, sumiu de cena, nunca mais tivemos notícias. Passaram sessenta anos.

Sensação de uma geração. Quando, no começo de 1953, assistimos *Sai da frente,* em Araraquara, ficamos (nós, a rapaziada) doidos com Leila Parisi. Ela virou sensação. Loira, sotaque italianado, roupas de odalisca, pernas sedutoras, contracenou com Mazzaropi em *Sai da frente*, comédia da cinematográfica Vera Cruz, direção de Abílio Pereira de Almeida, enorme sucesso de público. Crítico de cinema, escrevi para o estúdio da Vera Cruz e recebi *releases* e fotos do filme. Publiquei uma reportagem de página inteira, jurei que tinha vindo a São Paulo para entrevistá-la. Morreram de inveja de mim.

Mais tarde eu a vi rapidamente em *Tico-tico no fubá* e ponto final. A estrela se apagou na galáxia. Por anos indagava sobre ela, nada. Vim para São Paulo, procurei, pesquisei, nenhuma notícia, diziam que tinha voltado à Itália. Fui ao Google e me entristeci, li que Leila tinha morrido. Um pedaço da juventude desmoronou.

Mostrou-me o teatro e a noite. Yvonne Fellman trabalhou ao meu lado no final dos anos 1950, início dos 1960, no *Última Hora*. O jornal foi dos primeiros a empregar muitas mulheres. Ela era linda, culta, bem-humorada. Namorava o Flávio Porto, o Fifuca, irmão do Sérgio Porto, mais conhecido como Stanislaw Ponte Preta. Yvonne cobria teatro, se relacionava com todo mundo, via todas as peças. Levou-me ao TBC e me apresentou Fernanda Montenegro, quase uma menina (e já grande atriz). Víamos todas as estreias em uma época fértil nos palcos paulistanos: Cacilda, Tônia, Nathalia Timberg, Daversa, Flávio Rangel, Antunes, Zé Celso, Gianni Ratto, José Renato, Boal, Cleyde Yáconis, Elizabeth Henreid, Paulo Autran, Celi, Tereza Rachel, Walmor, Ziembinski, Eugênio Kusnet, Ítala Nandi, Célia Helena, Raul Cortez, Jardel Filho.

Yvonne e eu saíamos pela noite, íamos ao Michel, a melhor boate da cidade, do Jimmie Christie, cunhado dela. Michel, a preferida de Sammy Davis Jr. quando esteve em temporada na Record e no Fasano. Meu primeiro livro, *Depois do sol*, está dedicado a ela. Então, Yvonne, depois de passar pelos *Diários Associados*, casou-se com Victor da Cunha Rego, jornalista do *Estadão*. Após o golpe de 1964 eles se exilaram, viveram em vários países até se instalarem em Portugal. Nunca mais a vi. Quanto a Cunha Rego, morreu há anos.

Pedaços de um mundo refeitos. Em dezembro de 2013, fui a Piracicaba a convite do Chico Galvão participar de um debate no Sesc. Assim que entrei, me entregaram um bilhete. Uma senhora de Águas de São Pedro, cidade vizinha, gostaria de falar comigo. Liguei: "Quem é?" E ela: "Berizal". Estremeci, gelei. Falamos um bom tempo. Desde que deixou Araraquara e mudou-se para São Paulo, ela se dedicou à moda, foi modelo, estilista, dona de butique na Augusta, viajava para Nova York e Paris em busca de tendências. Ao chegar aos 80 anos, preferiu o silêncio e a calma do interior, deixou São Paulo. Quando leu nos jornais de Piracicaba que eu estava ali, tão próximo, rompeu o silêncio. Então fiz a pergunta que levou sessenta anos para ser feita: "Por que Berizal?" Ela: "Meu pai viajava com minha mãe, grávida de mim, quando parou à sombra de uma árvore belíssima, segundo ele. Soube que o nome da árvore era Berizal. Deu-me o nome. De uma árvore linda. Nenhuma rainha. Nem imaginava que quisessem saber tanto de mim."

Do João Sebastião Bar ao Balcão. Lá se foram cinquenta e tantos anos, todas as tentativas de contato dando em nada. Semana passaram, me ligaram. Era Yvonne. Conseguiu meu número por meio de uma amiga, Lúcia, minha vizinha na João Moura. Tinha passado muitas vezes pela cidade e jamais conseguiu me localizar. Agora, essa vizinha (que eu não conhecia), nos religou. Depois de 55 anos, éramos nós que nos sentávamos no Gigetto, no João Sebastião Bar ou na padaria Redondo, em frente ao teatro de Arena (não existe mais), meio fuleira, nos sentamos no bar Balcão e durante horas conversamos como se tivéssemos nos deixado ontem. Nós dois mais velhos, porém sem nostalgias. Ela com o mesmo rosto suave, o mesmo timbre no sorriso, nenhuma plástica. Falamos de hoje e do que fizemos e fazemos, sem esquecer a turbulência dos anos 1960, o arrocho dos militares, o quanto nos divertíamos no jornal. Um pedaço do quebra-cabeça se ajustou dentro de mim.

Mais um elo descoberto. Na mesma semana em que reencontrei Berizal e Yvonne, recebi a revista *Dante Cultural*, *house organ* do Colégio Dante Alighieri. Folheando, descobri que Leila Parisi não só não morreu, como, aos 83 anos, esplêndida como me disse um de seus filhos, aparece todos os dias para ver como as coisas andam em um restaurante do Itaim, o Spazio Gastronômico, aberto há vinte anos por seus três filhos Ricardo, Francisco e Sérgio. Um dia, ela, que chegou ao Brasil com 20 anos, fez dois filmes (um com Mazzaropi, inaugurando um novo ciclo de comédias), depois se apaixonou e casou. Acrescentou o Parente ao nome, teve cinco filhos. Tocou a vida bem tocada. "Dia desses, venha comer um polpetone com nhoque, com um molho que é receita dela", me convidaram os filhos. Outro vácuo foi preenchido.

**Cenas reais
que nos parecem
pura fantasia**

O mistério do esqueleto da rua Lisboa

Nove da noite de ontem, terça-feira. Márcia e eu saímos do restaurante Genova, na rua Lisboa, e caminhamos de volta para casa. Noite fria, céu claro, lua enorme. Estávamos felizes depois de um risoto de lula e um vinho tinto. Eu pensava em postar na internet um "*Je suis Maju*". Pela rua passaram três pessoas, não prestamos muita atenção, estávamos olhando para um prédio que foge aos clichês de nomes em inglês ou de nobres sem significado. Este tem um nome poético, Kurt Weill. Ficamos olhando, gratos a uma construtora que se lembrou do músico genial que compôs a *Ópera dos três vinténs*, de Brecht, que por sua vez inspirou a *Ópera do malandro*, de Chico Buarque.

Os três rapazes caminhavam devagar e pareciam amparar um companheiro que ia muito mal das pernas. Machucado ou bêbado, dissemos. Quem sabe chapado. Nossa! Cedo ainda para estar daquele jeito, mal conseguia andar. De repente, Márcia alertou-me:

– Não é um bêbado, não! É um manequim.

Desses manequins de vitrine de loja de roupas. Mas para onde levavam o manequim, se por aqui não há nenhuma loja de roupa?

Os três iam em silêncio. Aliás, os dois, manequim não fala. Apressamos o passo e, quando chegamos mais perto, vimos que os jovens não levavam um manequim, e sim o esqueleto de um adulto. Isso, um esqueleto de gente, desses que estudantes de Medicina usam nas aulas para aprender sobre os ossos do corpo humano. Na infância, eu era assombrado por um esqueleto que existia na sala de Ciências no porão do Colégio Progresso de Araraquara. Prova de coragem era passar por aquele corredor sombrio no comecinho da noite.

Aqueles dois que conduziam um esqueleto pela rua deserta numa noite fria seriam estudantes? Mas de onde traziam o esqueleto? Para onde levavam? Nossa casa fica próxima à Faculdade de Medicina da USP, basta subir a rua Artur de Azevedo, chegar ao CAOC, a sociedade atlética dos alunos, que tem piscina, campo de futebol, pista de atletismo, quadras, uma reserva florestal, e dali chegar ao Hospital das Clínicas e à faculdade. Um pedaço verde no meio da cidade. Teriam sequestrado o esqueleto da faculdade?

Ali vizinho fica também o Instituto Médico Legal, mas no IML não existem esqueletos. Lembramos também que a faculdade fica em frente ao cemitério do Araçá, famoso pelas estátuas de bronze sobre os túmulos. Ladrões têm roubado muitas obras de arte para vender como sucata. Teriam os jovens roubado um esqueleto do cemitério? Mas os ossos eram tão brancos, limpos. Seria um esqueleto de plástico? Ao pensar nisso, a magia quase quebrou.

Roubar do cemitério nos parecia difícil e arriscado. Significaria pular muro, arrombar uma sepultura, cavar, chegar ao caixão, arrancar o esqueleto, limpá-lo. Para quê? Para vender a quem? Uma faculdade não compra esqueletos que chegam sem procedência, denominação de origem controlada, sem autenticação e prazo de validade. Além disso, como fazer o preço? Quanto vale um esqueleto?

Os três estavam à nossa frente, eu disse: "Vamos chegar neles e perguntar". Nessa hora, alguém nos chamou e nos viramos para responder. Foi meio minuto. Quando nos voltamos, o trio tinha desaparecido. Teriam ido ao McDonald's, que tem uma entrada pela Lisboa, para pedir um McLanche Feliz? Ou no restaurante do Jun Sakamoto, dos mais caros da cidade? Jun deixaria um esqueleto entrar e pedir uma de suas sofisticadas comidas? Porém, argumentou Márcia, esqueletos nada comem, não precisam de regimes, de nada, aquela magreza dura até que eles se desfaçam voltando ao pó. Ou os três teriam entrado em um daqueles prédios?

Mesmo assim, seguimos até o bar General, na esquina da Rebouças, que é uma animação só, povoado por jovens alegres e ruidosos. Talvez tivessem levado o esqueleto ali para tirar uma, provocar. Quem não conhece a história do escafandrista que, certo dia, vestido com o traje de mergulhador, entrou no bar Veloso (hoje Garota de Ipanema), em Ipanema, *point* dos descolados do Rio de Janeiro, sentou-se e pediu um chope? Chopes, em paulistanês. Ficou ali, ninguém olhou para ele, ninguém comentou, como se fosse a coisa mais natural do mundo. Nada espantava, tudo era permitido. Dizem que o poeta Ferreira Gullar, hoje na Academia Brasileira, de repente, gritou:

– Vamos parar de fingir que não estamos vendo um escafandrista tomando chope, no meio da gente, como se isso fosse uma coisa normal. Olhem, ali está o escafandrista!

Não, o esqueleto não passara pelo bar General. Também não pode ter se dissolvido no ar. Quem sabe onde está o esqueleto que passeou pela rua Lisboa ao luar? Como não gostar de uma cidade em que esqueletos perambulam pelas ruas e de repente se dissolvem? Como não se lembrar daquela história antiga do rapaz que dançou o baile inteiro com uma jovem linda e sensualíssima e foi levá-la para casa? Quando chegou, ela morava no cemitério e desapareceu diante do portão.

O dinossauro só queria ir ao cinema

Desde que um senador despudorado xingou um procurador da República de filho de uma rameira, ou meretriz, ou marafona, ninguém mais tem surpresas neste Brasil. Tudo vale, tudo pode. Assim, na manhã de domingo, quem primeiro achou natural a chegada do dinossauro foram "as meninas da padaria CPL", como são chamadas as professoras aposentadas que se juntam às 9 da manhã para o café. Elas viram o animal imponente atravessar civilizadamente pela faixa, vindo da rua Artur de Azevedo. O bicho olhou para a padaria, todas as mesas ocupadas, e dirigiu-se para a banca de jornal. Naquele dia, a Lourdes, conhecida como "a bela da banca", não estava, Cid lhe dera um dia de folga, de maneira que quando o dinossauro chegou, Cid hesitou, receoso, porém se acalmou quando ouviu uma voz delicada:

– Bom dia, meu senhor. Por favor, ainda terá por acaso o jornal de sexta-feira com a programação dos cinemas?

Um dinossauro educado, cumprimentando, dizendo "por favor", palavras esquecidas neste mundo de hoje, falando bom português, era de arrepiar. Nada daqueles rugidos, ou seja lá como se chamam os sons dinossáuricos. Cid lembrou-se de que o Jonas, um senhor sempre de bolsa na mão que vive pelas redondezas, não tinha apanhado o seu exemplar do *Estadão* na sexta-feira. Achou o suplemento. Então, o animal pediu:

– Como o senhor vê, não tenho mãos para segurar uma revista. Olhe por mim em que cinema está sendo exibido *Jurassic Park: O Parque dos Dinossauros*.

Cid demorou um pouco. Adoraria tentar levar o Dino (ele estava ficando íntimo) até sua casa. Seria um presente para o filho Leonardo, tão novo. Imaginou a alegria do menino passando o domingo com um bichão daqueles. Nunca mais se esqueceria. Seria um estegossauro? Um paquicefalossauro? Um ornitópode ou um ceratopsídeo? Cid vê canais como o Discovery.

– Olha, o filme está no Cinemark 1 Aricanduva e também no Cinemark 1 Guarulhos.

– Qual você acha que é o mais próximo? Posso te chamar de você, não?

– Não sei, mas o José, aqui da padaria, mora em Guarulhos, e de repente ele pode te levar.

– Ora, meu senhor, vocês humanos são simpáticos, ainda que tenham políticos medíocres e analfabetos que vivem no período do caos primordial. Como você vê, não caibo dentro de um carro. Falei certo? Esse verbo é difícil de conjugar. Vou a pé mesmo, estou acostumado. Aliás, se eu for de carro, com essa nova lei de dirigir a dois metros por hora eu nunca chegaria.

— Melhor o senhor levar meu celular, disse um garotão que tinha saído da Underdog, a lanchonete de jovens que está bombando na rua. Coloco as coordenadas no GPS e o senhor... Senhor, não... Não interessa, leve, se não vai se perder.

— E como devolvo?

— Deixe aqui com alguém do ponto de táxi. Ou com as jovens da farmácia, ou com o vendedor de milho-verde que vem à noite. Ou com a Jane no Toque de Vinho.

O dinossauro apanhou o celular com a boca e partiu. Andava rápido, todo mundo saía da frente. Ninguém acreditava que estava vendo um bichão daqueles usando a ciclovia para não atrapalhar o trânsito. Os que viram jamais dirão que viram. Sabem que serão chamados de loucos, podem ser internados. Há coisas que não devemos ver. Pois até tivemos um presidente que jamais viu coisa alguma, nega tudo. Confessar que viu algo estranho é ser taxado de insano, zureta, miolo mole. O que sei é que o Marcelo Duarte, especialista em curiosidades, seguiu o dinossauro. O Dino (vejam a intimidade) chegou no cine Aricanduva, comprou meia-entrada, a bilheteira acreditou que ele tinha sete milhões de anos e nem pediu documento. Depois, desmaiou. O porteiro ainda perguntou:

— Meu caro, você é um anquilossauro, não é? Conheço pela carapaça. Parece tanque da polícia contra manifestantes. Nunca tinha visto um. Nem precisava comprar entrada. É uma honra tê-lo entre nós.

Assim que entrou, o amável dinossauro estranhou os espectadores saindo apressados, atropelando-se. O projecionista ficou porque não sabia de nada, só soube quando o filme terminou e o bichão gritou da plateia:

– Eta filme mentiroso! Não somos brutos, não somos pré-históricos. Se somos pré-históricos, aquele presidente da Câmara é o quê? Vou voltar para minha Era Mesozoica, tem mais civilização.

Ao sair, irritou-se, havia uma multidão querendo tirar *selfies*. Atropelavam, batiam, uivavam, acotovelavam. Então, ele rugiu como um dinossauro de cinema e todos o chamaram de grosseiro, mal-educado, temperamental, agressivo, incitador de violência e até de vândalo e *black bloc*. Aproveitaram e depredaram tudo ao redor. Escondido num posto de gasolina, aquele que tem de tudo, ele pensava: "Estão mal os brasileiros, todos vão enfartar, pegar úlcera. Nunca mais venho aqui."

Agradecemos a sua ligação, ela é muito importante para nós

– Um bom dia. Você ligou para o serviço de atendimento ao cliente.
– Disque 1 para crediário.
– Disque 2 para empréstimo.
– Disque 3 para fundo de financiamento.
– Disque 4 para crédito consignado.
– Disque 5 para aplicar seu décimo terceiro.
– Disque 6 para informações de como aplicar sua aposentadoria.
– Disque 7 para autorizar busca sobre poupança confiscada nos anos 1990.
– Disque 8 para saber por que o senhor ligou para este serviço.
– O senhor discou 8. Agora, disque 1 para dar seu RG.
– Disque 2 para dar seu CPF.
– Disque 3 para dar o número do seu título de eleitor, confirmando todas eleições em que votou desde 1789.
– Disque 4 para dar a validade de sua carteira de habitação.
– Disque 5 para dar seu endereço, nos enviando por e-mail

cópia escaneada da última conta de luz. Não aceitamos contas de telefones celulares.

– Disque 6 se o senhor ou a senhora for casado(a).

– Disque 7 se for divorciado(a).

– Disque 8 se for viúvo(a).

– Disque 9 se for separado(a).

– Disque 10 se for de um sexo desconhecido. Consulte orientação pelo ramal 34524378MHTGBNJJJUYTK*H#.

– Disque 11 para comunicar os resultados dos seus últimos exames de sangue,

urina,

colonoscopia,

endoscopia,

triglicérides,

betacaroteno,

ureia,

hemograma,

creatinina,

colesterol,

ácido áscorbio,

ferritina,

LDL,

HDL,

VLDL,

eletroforese de proteínas.

– Só aceitamos cópias autenticadas dos exames, com firmas reconhecidas dos médicos.

– Agradecemos a sua ligação e por favor aguarde na linha por um de nossos assistentes que marcará os exames necessários.

Dez minutos depois.

– Aguarde. Agradecemos a sua ligação e por favor aguarde na linha por um de nossos assistentes.

Meia hora depois.

– Aguarde. Agradecemos a sua ligação e por favor aguarde na linha por um de nossos assistentes.

Quatro horas depois.

– Aguarde. Agradecemos a sua ligação e por favor aguarde na linha por um de nossos atendentes.

Sete anos depois.

– Aguarde. Agradecemos a sua ligação e por favor aguarde na linha por um de nossos assistentes.

Treze anos depois.

– Por favor, todos nossos assistentes estão ocupados. Poderia por favor esperar um tempo e nos ligar novamente? Agradecemos a sua ligação, ela é muito importante para nós.

Mamãe estava morta há seis anos.

Finalmente, saibam que, se for pra chorar, que seja de alegria

Não faço listas de intenções. Não faço retrospectivas do ano, da década, do século. Tendo editado revistas e jornais por mais de cinquenta anos, sei que as retrospectivas ajudam a fechar mais cedo as edições mensais, as semanais, as diárias. Um redator é designado a passar dias e dias percorrendo as coleções, extraindo dali o que na opinião dele foi mais importante. Listas, portanto, são relativas, parciais. Uma lista que sempre esperei foi a do Stanislaw Ponte Preta, figura lendária da imprensa brasileira nos anos 1960. Ele publicava na rede de jornais *Última Hora* – de São Paulo, Recife, Belo Horizonte, Porto Alegre, Curitiba, Bauru, Campinas e Rio de Janeiro – uma crônica que era de humor, mas ao mesmo tempo de política. Tinha um estilo ácido, cortante, os militares na ditadura o odiavam.

Todos os dias Stanislaw publicava uma "certinha", ou seja, uma garota de biquíni, coxas grossas, um pouco de celulite (homens adoravam), peitões. As "certinhas" eram vedetes de teatro rebolado, ou estrelinhas de televisão, ou *superstars* com corpos esculturais, como se dizia, ou garotas propagandas. Para que as novas gerações saibam o que eram as garotas propaganda, explico. Os comerciais, os anúncios eram feitos ao vivo por mulher bonita que decorava o texto e dava o recado. Muitas vezes, ao tentar abrir a porta de uma geladeira, elas emperravam, ou as lindas moças esqueciam o texto. Ficava uma saia justa. No final do ano, esperava-se a lista das dez mais certinhas, que saía no jornal e também nas revistas semanais, vendia a dar com pau. Essa lista era uma delícia, acabou com a morte de Stanislaw, na verdade Sérgio Porto. Teve um infarto fulminante aos 46 anos.

Outras listas eram chatas. As dos melhores do ano nos mais variados segmentos, como se dizia. Havia nos esportes, nas artes, nas empresas, na economia, na política etc. Como dava gente feia, gorda, balofa, nas empresas e na política. Ricos e feios. Nos últimos anos a coisa melhorou um pouco, os empresários e os economistas malham, fazem tratamentos de pele, cabelo, usam *personal stylists* para se vestir. Hoje deveriam existir as listas dos plastificados, aqueles cheios de botox ou que fizeram *lifting*, puxaram a pele, ficaram com as bocas paralisadas, os olhos são um fiozinho.

Final de ano é também momento de desejar boas-festas. Mas todas as frases, todos os cartões, tudo foi esgotado, virou clichê, lugar-comum, banalidade. Eu já devia, no domingo passado, ter desejado boas-festas. Estava ao computador buscando alguma originalidade, porque é o que esperam de mim. Aí, travei! De repente, meu amigo Carlito Lima, de Marechal Deodoro, cidadezinha vizinha a Maceió, me salvou. Carlito organiza um dos menores e mais amados festivais de literatura do Brasil, o Flimar, pequeno, meio bagunçado, mas com nomes de primeiro time e muito companheirismo. Pois repasso aos leitores os desejos do Carlito. Vejam que delícia. Podem usar.

Se existir guerra, que seja de travesseiro.
Se for pra prender, que seja o cabelo.
Se existir fome, que seja de amor.
Se for pra atirar, que seja o pau no gato-tô.
Se for pra esquentar, que seja o sol.
Se for pra atacar, que seja pelas pontas.
Se for pra enganar, que seja o estômago.
Se for pra armar, que arme um circo.
Se for pra chorar, que seja de alegria.
Se for pra assaltar, que seja a geladeira.
Se for pra mentir, que seja a idade.
Se for pra algemar, que se algeme na cama.
Se for pra roubar, que seja um beijo.
Se for pra afogar, que afogue o ganso.
Se for pra perder, que seja o medo.
Se for pra brigar, que briguem as aranhas.
Se for pra doer, que doa a saudade.
Se for pra cair, que caia na gandaia.
Se for pra morrer, que morra de amores.
Se for pra tomar, que tome um vinho.
Se for pra queimar, que queime um fumo.
Se for pra garfar, que garfe um macarrone.
Se for pra enforcar, que enforque a aula.
Se for pra ser feliz, que seja o tempo todo.

Não vacilei, copiei e enviei ao Chico Buarque, devia uma mensagem a ele. Meia hora depois veio a resposta:

Adendo para adictos:
Se for pra cheirar
Que seja a flor.
Se for pra fumar
Que seja a cobra.[5]
Se for pra picar
Que seja a mula.

---

[5] Pensando nas novas gerações, esclareço: "a cobra está fumando" era a expressão que os soldados brasileiros, chamados de pracinhas, que lutavam na Europa na última Grande Guerra, usavam ao atacar o inimigo.

Obras de Ignácio de Loyola Brandão publicadas pela Global Editora

Acordei em Woodstock – viagem, memórias, perplexidades
O anjo do adeus
O anônimo célebre
Bebel que a cidade comeu
O beijo não vem da boca
Cabeças de segunda-feira
Cadeiras proibidas
Dentes ao sol
Depois do sol
O homem que odiava a segunda-feira
Melhores contos – Ignácio de Loyola Brandão
Melhores crônicas – Ignácio de Loyola Brandão
Não verás país nenhum
Noite inclinada
Pega ele, silêncio
A última viagem de Borges – uma evocação
Veia bailarina
O verde violentou o muro
Você é jovem, velho ou dinossauro?
Zero

GRÁFICA PAYM
Tel. [11] 4392-3344
paym@graficapaym.com.br